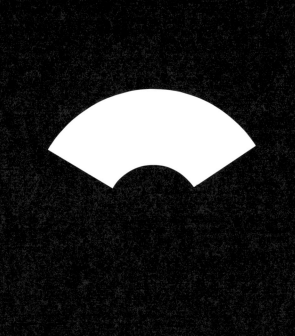

Selected Essays

浮世雅集

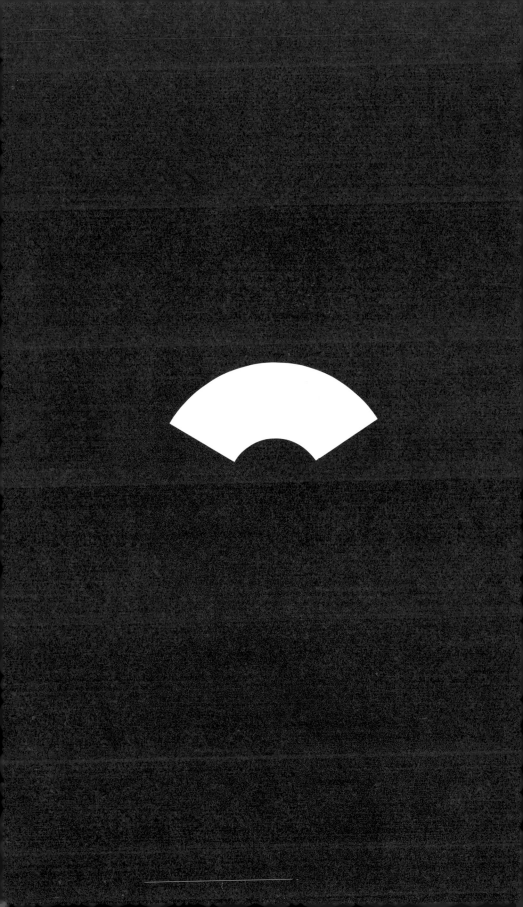

微风闲看古人心

司马迁　范仲淹　等　著
吴嘉格　编译

北京联合出版公司
Beijing United Publishing Co.,Ltd

目录

尚德

崇礼

重义

守正

目录

道德当身，
故不以物惑。

——管仲

尚德

1

王孙满对楚子

《左传》

公元前606年，楚庄王讨伐陆浑之戎，确立霸权地位。陈兵周朝边境，询问周鼎轻重，意在伺机夺取周王室权力。周大夫王孙满通过楚庄王的询问，窥见其野心，说明周鼎的来历，指出统治天下『在德不在鼎』，摧挫了其篡逆的野心。

楚子伐陆浑之戎[①]，遂至于雒[②]，观兵于周疆。定王使王孙满劳楚子[③]。楚子问鼎之大小轻重焉。对曰："在德不在鼎。昔夏之方有德也，远方图物，贡金九牧，铸鼎象物，百物而为之备，使民知神奸。故民入川泽、山林，不逢不若[④]。螭魅罔两[⑤]，莫能逢之。用能协于上下，以承天休。桀有昏德，鼎迁于商，载祀六百[⑥]。商纣暴虐，鼎迁于周。德之休明[⑦]，虽小，重也。其奸回昏乱[⑧]，虽大，轻也。天祚明德[⑨]，有所底止。成王定鼎于郏鄏[⑩]，卜世三十，卜年七百，天所命也。周德虽衰，天命未改。鼎之轻重，未可问也。"

注释 — ①陆浑之戎：中国古代西北游牧民族。②雒：洛河，古水名。③王孙满：春秋时周大夫。④不若：不迎合，不顺从。⑤螭（chī）魅：通"魑魅"，神话传说中的山泽神怪，也指害人的鬼怪。罔两：通"魍魉"，神话传说中的山川精怪。⑥载祀：年，或称岁。⑦休明：美善而光明。⑧奸回：邪恶，不轨。⑨祚（zuò）：赐福。⑩郏（jiá）鄏（rǔ）：周朝东都，今河南洛阳市邙山。

译文— 楚庄王讨伐陆浑之戎，于是来到洛河，在周朝边境检阅军队。周定王派遣王孙满前去慰劳楚庄王。楚庄王问到周王室九鼎的大小轻重。王孙满回答说："大小、轻重取决于君主的德行，而非鼎本身。以前夏朝实行德政，四海各地把各种奇异的东西画成图像，以九州进献的铜铸成九鼎，再将这些图像铸在鼎上，各种事物因此而都被记载，百姓得以认识哪些是神，哪些是怪。因此，百姓们进入山林湖泊，便不会碰上有危害的事物。山川精怪，都不会遇到。因而上上下下和谐相处，受到老天的保佑。夏桀德行败坏，昏庸无道，九鼎迁移到商朝，经历了六百年。商纣残暴无良，九鼎又迁到周朝。如果君主德行美善而光明，九鼎即便再小，也是重的。如果德行邪恶昏乱，九鼎再大，分量也是轻的。上天赐福给德行光明的人，也有时间限度。成王将九鼎安放在郏鄏时，占卜的结果是传世三十代，享国七百载，这便是天意。周朝的德行如今虽然衰退，可天命仍未改变。九鼎的轻重，因此也就不可询问了。"

《左传》

齐国佐不辱命

2

公元前589年，晋国联合鲁、卫、曹三国一致讨伐齐国，双方交战于鞍（地名），最终齐国大败。四国联军乘胜追击，一直打到离齐都不远的马陉。齐王见情势不妙，忙派宾媚人找联军讲和。宾媚人起初以财物贿赂晋侯，晋侯不答应，反而提出更加苛刻的条件。宾媚人就以德、孝来劝说晋侯，最后还表示：若晋国一意孤行，齐国必定背水一战，以死抗争，晋侯迫于威势，不得已答应讲和。

晋师从齐师，入自丘舆[1]，击马陉[2]。齐侯使宾媚人赂以纪甗[3]、玉磬与地。“不可，则听客之所为。”

宾媚人致赂，晋人不可，曰：“必以萧同叔子为质[4]，而使齐之封内尽东其亩[5]。”对曰：“萧同叔子非他，寡君之母也。若以匹敌，则亦晋君之母也。吾子布大命于诸侯，而曰必质其母以为信，其若王命何？且是以不孝令也。《诗》曰：‘孝子不匮，永锡尔类。’若以不孝令于诸侯，其无乃非德类也乎？先王疆理天下物土之宜[6]，而布其利。故《诗》曰：‘我疆我理，南东其亩。’今吾子疆理诸侯，而曰‘尽东其亩’而已，

注释 一 ①丘舆：齐地名，今山东青州西南。②马陉：齐地名，在今山东淄博南。③宾媚人：即国佐，齐国大夫。纪甗（yǎn）：古代纪国的一种炊器。④萧同叔子：齐顷公的母亲。⑤亩：田埂。⑥物：考察。

唯吾子戎车是利，无顾土宜，其无乃非先王之命也乎？反先王则不义，何以为盟主？其晋实有阙⑦。四王之王也⑧，树德而济同欲焉；五伯之霸也⑨，勤而抚之，以役王命。今吾子求合诸侯，以逞无疆之欲。《诗》曰：‘敷政优优，百禄是遒⑩。’子实不优，而弃百禄，诸侯何害焉？不然，寡君之命使臣，则有辞矣。曰：‘子以君师辱于敝邑，不腆敝赋⑪，以犒从者。畏君之震，师徒挠败⑫，吾子惠徼齐国之福⑬，不泯其社稷，使继旧好。唯是先君之敝器、土地不敢爱⑭。子又不许，请收合余烬⑮，背城借一⑯。敝邑之幸，亦云从也。况其不幸，敢不唯命是听？’”

注释 — ⑦阙：过错。⑧四王：指禹、汤、周文王、周武王。王（wàng）：以德治天下。⑨五伯：一说指夏的昆吾，商的大彭、豕韦，周的齐桓公、晋文公；也有人认为是指齐桓公、宋襄公、晋文公、秦穆公、楚庄王。伯：通“霸”。⑩遒：聚集。⑪不腆：不丰厚。⑫挠败：击败。⑬徼（yāo）：求。⑭爱：吝惜。⑮烬：灰烬。指残余的军队。⑯背城借一：指决一死战。

译文 — 晋军追击齐军，从齐国的丘舆而入，攻打马陉。齐顷公派宾媚人向晋侯献上纪甗、玉磬，并同意割地以求和，说：“如果不行，就随他们怎么样好了！”

宾媚人献上礼物，晋国人不答应讲和，说：“必须要萧同叔子做人质才行，并且要使齐国境内的田垄全部改为东西向。”宾媚人回答说：“萧同叔子不是别人，是我们国君的母亲。若以地位相当而论，就跟晋君的母亲一样。您在诸侯中发此重大命令，却说一定要别国国君的母亲做人质以为凭信，这样一来，您把周天子以孝治天下的命令置于何地？更何况您这是命令别人做不孝的事情。《诗经》里说：‘孝子之心永无穷尽，并且会推及影响到他的同类人。’如果您用不孝来号令诸侯，岂不是令自己陷入无德的行列？先王划定天下的土地疆界，因地制宜，使天下的土地按照有利的态势分布。所以《诗经》里说：‘我划定疆界，管理田亩，分别南向东向开辟田亩。’现在您规划诸侯的田亩疆界，却只宣布‘田垄全部东向’，只为了方便您的军队行军，不管土地这样规划是否合理，这恐怕不是先王的政令吧？违反先王就是不义，您又怎能做得了盟主呢？晋国在这一点上确实有过错。四王之所以能够统御天下，是因为他们树立德行，并且始终以满足诸侯共同的愿望为己任；五伯之所以能称霸诸侯，是因为一直不辞辛劳地安抚大家，始终遵行天子的命令。而您现在想聚合诸侯，只不过是为了满足自己永无止境的欲望。《诗经》里说：'以宽仁之心来施行政治，各种福禄就会聚集在身旁。'您实在算不上宽容，如果抛弃一些福禄，这对诸侯又有什么害处呢？您如果不答应讲和，我们的国君派我来的时候，还交代过另外的话。他说：'承蒙您带领军队来到我们的国土上，敝国用不丰厚的财物，来犒劳您的随从。因为畏惧您的威严，我们的军队战败了。蒙您的恩惠来为齐国求福，如果不灭亡我们的国家，而使两国重续旧好，那么先君留下的器物、土地，我们是不敢吝惜的。如果这样您还是不肯讲和，那就请允许我们汇集残余部队，在城墙之下与您决一死战。我们哪怕有幸战胜，仍旧会服从于您。如果不幸战败，哪里还敢不唯命是听？'"

3

子产告范宣子轻币

《左传》

春秋中期，晋国作为一方强国，常向那些弱小的诸侯国索要贡品财物，许多小国难以承担重负，郑国就是其中之一。此文讲的是郑大夫子产给晋国执政范宣子写了一封信，劝说晋国应重德轻币，强调德行才是立国的根基。

范宣子为政[1]，诸侯之币重[2]，郑人病之。

二月，郑伯如晋。子产寓书于子西[3]，以告宣子，曰："子为晋国，四邻诸侯不闻令德，而闻重币，侨也惑之。侨闻君子长国家者，非无贿之患，而无令名之难[4]。夫诸侯之贿聚于公室，则诸侯贰。若吾子赖之[5]，则晋国贰。诸侯贰，则晋国坏；晋国贰，则子之家坏。何没没也！将焉用贿？

"夫令名，德之舆也[6]。德，国家之基也。有基无坏，无亦是务乎！有德则乐，乐则能久。《诗》云：'乐只君子，邦家之基。'有令德也夫！'上帝临女，无贰

注释 — ①范宣子：晋国大夫。②币：帛，古代通常指礼物。③子产：即公孙侨，郑国的执政大夫，春秋时杰出的政治家。子西：即公孙夏，郑国大夫。④令名：好的名声。⑤赖：私自占有。⑥舆：车。

尔心。’有令名也夫！恕思以明德，则令名载而行之，是以远至迩安[7]。毋宁使人谓子‘子实生我’，而谓‘子浚我以生’乎[8]？象有齿以焚其身，贿也。”

宣子说[9]，乃轻币。

注释 — ⑦迩：近。⑧浚（jùn）：榨取。⑨说：通“悦”。

译文 一 范宣子执掌晋国朝政时期，诸侯给晋国进献贡品的负担很重，郑国人为此深受疾苦。

二月，郑简公前往晋国。子产委托子西带了一封信，告诉范宣子说："您执掌晋国的朝政，四周诸侯没有听说过您的美德，只是听说您增加缴纳贡品的数量，我对此感到很不解。我听说掌管国家政事的君子，不担心自己收到的贡品不够丰厚，而担心自己没有好的名声。诸侯们进献的贡品都集聚到晋国公室，那么诸侯就要有二心了。如果您私自占有这些财礼，那么晋国的内部就会不团结。诸侯怀有二心，那么晋国就会受到损害；晋国内部不团结，那么您的家族就要受到损害。您何以如此糊涂！要这些贡品又有什么用？

"好的名声是传播美德的车子。好的德行是国家的立足根基。有了根基国家才不至于败亡，您不应当致力于此吗？有了好的德行百姓就会获得快乐，百姓快乐国家才能长久。《诗经》里说：'得到君子真快乐啊，他们是国家的基础。'这是因为君子有美德吧！'老天在监督着你，你不要让自己怀有异心。'这是告诉人们要有好的名声吧！用宽仁之心弘扬美德，那么好的名声自会载着美德四处传播，因此远方的人来归顺于您，近处的人安居乐业。您愿意让人们对您说'是您养活了我'，还是说'您榨取我们只为养活自己'呢？大象因为有象牙而丧命，正是因为象牙值钱啊。"

范宣子很高兴，于是减轻了诸侯国的贡品负担。

4

祭公谏征犬戎

《国语》

周穆王好大喜功，穷兵黩武，兴师讨伐犬戎，却无所收获，导致周王室在诸侯中的威信大减，自此之后，诸侯不再朝见周天子。本文写的是周穆王征讨犬戎之前，大臣祭公劝谏穆王，告诉他不要滥用武力，应该以德安抚天下。周穆王一意孤行，兴师动众，结果只收获了几只狼和鹿。

穆王将征犬戎[1]，祭公谋父谏曰[2]：“不可！先王耀德不观兵。夫兵，戢而时动，动则威；观则玩，玩则无震。是故周文公之《颂》曰[3]：‘载戢干戈，载櫜弓矢[4]。我求懿德，肆于时夏。允王保之[5]。’先王之于民也，茂正其德而厚其性[6]，阜其财求而利其器用；明利害之乡，以文修之，使务利而避害，怀德而畏威，故能保世以滋大[7]。

“昔我先世后稷[8]，以服事虞、夏。及夏之衰也，弃稷弗务。我先王不窋用失其官[9]，而自窜于戎、翟之间[10]。不敢怠业，时序其德，纂修其绪[11]，修其训典，

注释 — ①犬戎：古代西北戎人的一支。②祭（zhài）公谋父：周穆王的大臣。③周文公：周公姬旦，“文”是他的谥号。④櫜（gāo）：收藏弓箭盔甲的器具。这里用作动词，把弓箭收藏起来的意思。⑤允：发语词。⑥茂：古同“懋”，勉励。⑦滋：增加。⑧后稷：王室主管农业的官员。这里指周的始祖弃。⑨不窋（zhú）：弃的后代。⑩翟：通“狄”。⑪纂：同“缵”，继承。

朝夕恪勤，守以惇笃，奉以忠信；奕世载德，不忝前人[12]。至于武王，昭前之光明，而加之以慈和，事神保民，莫不欣喜。商王帝辛[13]，大恶于民，庶民弗忍，欣戴武王，以致戎于商牧。是先王非务武也，勤恤民隐而除其害也。

“夫先王之制：邦内甸服[14]，邦外侯服[15]，侯、卫宾服[16]，蛮、夷要服[17]，戎、翟荒服[18]。甸服者祭，侯服者祀，宾服者享，要服者贡，荒服者王。日祭，月祀，时享，岁贡，终王，先王之训也。有不祭，则修意；有不祀，则修言；有不享，则修文；有不贡，则修名；有

注释 — ⑫忝（tiǎn）：玷污。⑬帝辛：商纣王，名辛。⑭甸服：离王城五百里的区域。⑮侯服：甸服外五百里的区域。⑯宾服：不是诸侯，而是以宾客的身份服侍天子的地区。⑰要服：指离都城一千五百里至两千里的地区。⑱荒服：指距离都城二千到二千五百里的边远地方（亦泛指边远地区）。

不王，则修德；序成而有不至，则修刑。于是乎有刑不祭，伐不祀，征不享，让不贡，告不王。于是乎有刑罚之辟，有攻伐之兵，有征讨之备，有威让之令，有文告之辞。布令陈辞而又不至，则又增修于德而无勤民于远。是以近无不听，远无不服。

“今自大毕、伯仕之终也[19]，犬戎氏以其职来王，天子曰：‘予必以不享征之，且观之兵。’其无乃废先王之训而王几顿乎[20]？吾闻夫犬戎树惇[21]，能帅旧德，而守终纯固[22]，其有以御我矣。”

王不听，遂征之，得四白狼、四白鹿以归。自是荒服者不至。

注释 — ⑲大毕、伯仕：犬戎首领。⑳几顿：几乎废弃。㉑树惇：立性敦厚。㉒纯固：真诚、专一。

译文 — 周穆王准备征伐犬戎，祭公谋父劝阻说："不可以。先王推崇德治，不炫耀武力。军队，在平时应该保存实力，在必要时动用，一旦动用就要震慑敌人；炫耀等于轻慢，轻慢就会失去威慑力。所以周文公作《颂》说：'收起干戈，藏起弓箭。我追求美好的德行，将其施行于这夏国。我王一定会天命长久。'先王对于百姓，勉励他们端正自身品德，使他们性情更加宽厚，增加他们的财货，改善他们的器用；使他们了解利害的关键，用礼法道德教导他们，使他们从事有利的事情而避免有害的事情，使他们既感怀君王的德治而又畏惧君王的威严，所以能够使周王室世代相传并且变得强大。

"从前我们的祖先曾经做过后稷，辅佐过虞、夏两朝。到夏朝衰败的时候，废除了农官，不再致力于农业。我们的祖先不窋因此失掉官职，逃到西北少数民族中。他对农业不敢怠慢，时常宣扬祖先的美德，继承、完善先祖的事业，修明先祖的教化制度，朝朝暮暮恭敬勤劳，保持宽厚诚恳的品性，奉行忠实守信的原则；不窋的后世子孙一直保持着这些良好的品德，不曾辱没前人。到了武王，他发扬前人光明磊落的德行，再加上慈爱和善行，侍奉神明，爱护百姓，神明和百姓无不对此感到喜悦。商纣王帝辛对百姓极为暴虐，百姓无法忍受，乐于拥护武王，这便有了商郊的牧野之战。这是因为武王并非崇尚武力，而是怜恤百姓之苦，而为他们除掉祸害啊。

“先王定下的制度是：王畿以内称为甸服，王畿以外称侯服，侯畿到卫畿之间称宾服，蛮、夷地区称要服，戎、狄所居之地则称荒服。甸服的诸侯贡献周王祭祀父亲、祖父的祭物，侯服的诸侯贡献周王祭祀高祖、曾祖的祭物，宾服的君长贡献周王祭祀始祖的祭物，要服的君长贡献周王祭祀远祖以及天地之神的祭物，荒服的首领朝见天子。祭祀父亲、祖父，是每天一次；祭祀高祖、曾祖，是每月一次；祭祀始祖，是每季一次；祭祀远祖、神灵，是每年一次；入朝见天子，是终身一次，这是先王的遗训。若有不来贡献日祭的，天子就应该反省自己的内心；有不来贡献月祀的，天子就应该反思自己的言语；有不来贡献时享的，天子就应该搞好政令教化；有不来贡献岁贡的，天子就应该修正尊卑名号；有不来朝见的，天子就应该检查自己的德行；如果依次修正过后仍旧有不来朝见的，就得修正刑法了。因此惩治不祭的，讨伐不祀的，征剿不享的，责备不贡的，向天下通告不来朝见的。这样，就有了处罚的条例、攻伐的军队、征讨的准备、斥责的命令和告谕的文辞。发布了命令，公布了文告，要是还有不来的，天子就得在德行上增强修养，不让百姓到远方去受苦。所以，近处的诸侯无不听命，远处部落无不归顺。

“现今大毕、伯仕死后，犬戎首领按他荒服的本分前来朝见。您却说：‘我一定要用宾服不享的罪名来征讨他，而且要让他看看我们的武备军队。’这不是废弃先王的遗训，而把‘终王’制度几乎破坏殆尽吗？我听说犬戎的君长拥有宽厚的德行，能够遵循他先祖的德行，一直坚守，真诚不移，他有理由抗拒我们。”

穆王不听劝，于是去征讨犬戎，结果得到四只白狼、四只白鹿而归。从此以后，荒服诸侯就不再来朝见天子了。

《国语》

5 里革断罟匡君

鲁宣公违背时令捕鱼，大夫里革见到后将渔网割破，还为鲁宣公陈述了一番合理利用自然生态资源的认识，委婉地批评了鲁宣公的这一做法。宣公听后，不但没生气，反而虚心受纳，体现了他的大度和贤明。

宣公夏滥于泗渊[1]，里革断其罟而弃之[2]，曰："古者大寒降，土蛰发[3]，水虞于是乎讲罛罶[4]，取名鱼，登川禽[5]，而尝之寝庙[6]，行诸国人，助宣气也。鸟兽孕，水虫成，兽虞于是乎禁罝罗[7]，矠鱼鳖以为夏槁[8]，助生阜也。鸟兽成，水虫孕，水虞于是乎禁罝罜[9]，设阱鄂，以实庙庖[10]，畜功用也。且夫山不槎蘖[11]，泽不

注释 — ①滥：下网捕鱼。泗：泗水，在今山东境内。②里革：鲁大夫。罟（gǔ）：渔网。③土蛰：在地下冬眠的动物。④水虞：掌管水产及有关政令的官员。⑤登：通"得"，求取。⑥寝庙：宗庙。⑦兽虞：掌管鸟兽及有关政令的官员。罝（jū）：捉兔子的网，也泛指捕鸟兽的网。罗：捕鸟的网。⑧矠（cuò）：用叉矛刺取。⑨罝罜（lù）：当作"罜（zhǔ）罜"，小渔网。⑩鄂：捕兽的陷阱。⑪槎（zhà）：用刀斧砍斫。蘖（niè）：树木砍去后从残存茎根上长出的新枝。

伐夭，鱼禁鲲鲕[12]，兽长麑麌[13]，鸟翼鷇卵[14]，虫舍蚳蝝[15]，蕃庶物也，古之训也。今鱼方别孕，不教鱼长，又行网罟，贪无艺也[16]。”

公闻之，曰：“吾过而里革匡我，不亦善乎！是良罟也，为我得法。使有司藏之，使吾无忘谂。”师存侍，曰：“藏罟，不如置里革于侧之不忘也。”

注释 — ⑫鲲：鱼苗。鲕（ér）：鱼子。⑬麑（ní）：小鹿。麌（yǎo）：小麋鹿。⑭鷇（kòu）：初生的小鸟。⑮蚳（chí）：蚁卵。蝝（yuán）：蝗的幼虫。⑯艺：限度。

译文 — 夏天，鲁宣公到泗水深潭下网捕鱼，里革割断他的渔网，并将其扔掉，说："古时候，大寒过去之后，冬眠地下的动物开始活动，水虞便谋划安排渔网、鱼篓，捕捉大鱼，捞取龟鳖等，拿到宗庙里用于祭祀，并让百姓也按照他的方法做，这是为了帮助散发阳气。当鸟兽开始孕育，水中的生物正在成长的时候，兽虞官就禁止用网捕捉鸟兽，只许刺取鱼鳖，用来做成夏天吃的鱼干，这是为了帮助鸟兽繁衍。当鸟兽成长，水中生物开始孕育的时候，水虞就禁止小渔网入水，只设置陷阱捕捉禽兽来充实宗庙的厨房，这是为了储存物产以备以后享用。而且，到山中去不砍伐树木新生的枝条，到湖边去不采摘还没长成的草木，捕鱼不捕小鱼，捉兽留下幼兽使其成长，捕鸟保护幼鸟和鸟蛋，杀虫时留下蚂蚁卵和蝗虫的幼虫，这是为了万物的繁殖生长，这些都是古人的教导。现在鱼类正在孕育期间，不让它们成长，还要下网捕捉，着实贪得无厌。"

宣公听后，说："我做错事，里革纠正我，这不是很好吗？这是张很有意义的网，让我得到了关于天地万物的取用方法。让有关官员把它保存起来，使我不忘里革对我的劝谏。"当时乐师存正好侍立在一旁，他说："与其保存这张网，倒不如把里革安置在您的左右，那样您就更加不会忘记了。"

《国语》

叔向贺贫

6

晋国执政大臣韩宣子为贫穷而烦恼，叔向却前来向他祝贺。韩宣子不明其意，叔向便向他举了晋国大夫栾武子一家三代的兴衰，以及郤昭子家族富极而亡的事例，借机劝导宣子重视德行的建立，使他明白富贵并不能保证韩氏的兴盛，只有德行才能保证韩氏的昌盛。

叔向见韩宣子[1]，宣子忧贫，叔向贺之。

宣子曰："吾有卿之名，而无其实，无以从二三子，吾是以忧，子贺我何故？"

对曰："昔栾武子无一卒之田[2]，其宫不备其宗器；宣其德行，顺其宪则，使越于诸侯。诸侯亲之，戎、狄怀之，以正晋国。行刑不疚[3]，以免于难。及桓子[4]，骄泰奢侈，贪欲无艺，略则行志[5]，假货居贿，宜及于难，而赖武之德以没其身。及怀子[6]，改桓之行而修武之德[7]，可以免于难，而离桓之罪[8]，以亡于楚。夫郤昭子[9]，其富半公室，其家半三军，恃其富

注释—①叔向：春秋时期晋国大夫。韩宣子：名起，晋国上卿。②栾武子：栾书，晋国上卿。一卒之田：即百顷田地。（文中栾武子是上卿，上卿享受的待遇应该是五百顷田地。）③疚：弊病。④桓子：栾黡（yǎn），栾书之子，晋国大夫。⑤略：犯。则：法。⑥怀子：栾盈，栾黡之子，晋国下军佐。⑦修：学习。⑧离：同"罹"，遭到。⑨郤（xì）昭子：郤至，晋国下军佐。

宠，以泰于国，其身尸于朝，其宗灭于绛[10]。不然，夫八郤，五大夫三卿，其宠大矣；一朝而灭，莫之哀也，惟无德也。

“今吾子有栾武子之贫，吾以为能其德矣，是以贺。若不忧德之不建，而患货之不足，将吊不暇，何贺之有？”

宣子拜，稽首焉，曰：“起也将亡，赖子存之。非起也敢专承之，其自桓叔以下，嘉吾子之赐。”

注释 一 ⑩绛：晋国的国都，今山西绛县。

译文 — 叔向去拜见韩宣子，宣子正为穷困发愁，叔向向他道贺。

宣子说："我有卿的名位，但无卿应享有的财产，无法和卿大夫们往来应酬，我因此而发愁。你祝贺我，这是为什么呢？"

叔向回答说："从前栾武子不曾拥有一百顷的田地，他的家里没有足够的祭器；他发扬德行，顺应法度，使自己的名声传播于诸侯之间。诸侯亲近他，戎、狄归附他，晋国也因此获得很好的治理。他执行刑法没有弊端，因此避免了灾难。到了桓子，桓子却骄傲奢侈，贪得无厌，忽视法制，胡作非为，放债取利，囤积财富，本该碰到灾祸，却依靠栾武子的德行得以善终。到了怀子，他一改桓子的行事方式，而学习武子的德行，本该免于灾祸，却因为父亲罪孽深重而获罪，逃亡到楚国。再说郤昭子吧，郤昭子的财富足以抵得上王室的一半，采邑的兵赋抵得上三军的一半，他凭借自己的财富和恩宠，在晋国极尽骄纵。最后他的尸体被呈于朝廷示众，自己的宗族在绛被诛灭。若非如此，郤家出来的八个人，有五位是大夫，三位是卿相，他们受到的恩宠已经很大了；而一朝灭亡，没有一个人同情他们，这正是因为他们没有德行啊。

“现在您有栾武子的贫穷，我认为您也能有他的德行了，因此向您祝贺。如果您不担忧德行尚未树立，却担忧财富没有积累足，我向您表示怜悯还来不及，还有什么可祝贺的呢？”

宣子向他下拜，并叩头说：“我差点儿要灭亡了，全靠您拯救了我。不是我自己单独蒙受您的恩德，恐怕从我的先祖桓叔往下的后代，都得感谢您的恩赐啊。”

7

颜斶说齐王

《战国策》

齐王对士人颜斶出语轻慢，颜斶反唇相讥；齐王许下荣华富贵，邀请他来辅佐，颜斶以不愿为名利所拖累而拒绝。本文塑造了颜斶自重自尊，又超群不俗的清高形象。

齐宣王见颜斶[1]，曰：“斶前[2]！”斶亦曰：“王前！”宣王不说。左右曰：“王，人君也。斶，人臣也。王曰‘斶前’，斶亦曰‘王前’，可乎？”斶对曰：“夫斶前为慕势，王前为趋士[3]。与使斶为慕势，不如使王为趋士。”

王忿然作色曰：“王者贵乎，士贵乎？”对曰：“士贵耳，王者不贵。”王曰：“有说乎？”斶曰：“有。昔者秦攻齐，令曰：‘有敢去柳下季垄五十步而樵采者[4]，死不赦。’令曰：‘有能得齐王头者，封万户侯，赐金千镒。’由是观之，生王之头，曾不若死士之垄也。”

注释 — ①颜斶（chù）：齐国隐士。②前：到前面来。③趋士：礼贤下士。④柳下季：即展禽，又称柳下惠，鲁国贤士。

宣王曰："嗟乎，君子焉可侮哉？寡人自取病耳⑤。愿请受为弟子。且颜先生与寡人游，食必太牢⑥，出必乘车，妻子衣服丽都。"颜斶辞去，曰："夫玉生于山，制则破焉，非弗宝贵矣，然太璞不完。士生乎鄙野，推选则禄焉，非不尊遂也⑦，然而形神不全。斶愿得归，晚食以当肉，安步以当车，无罪以当贵，清净贞正以自虞。"则再拜而辞去。

君子曰："斶知足矣！归真反璞，则终身不辱也。"

注释一 ⑤病：羞辱。⑥太牢：古代帝王、诸侯祭祀社稷时，牛、羊、猪三牲齐备称太牢。⑦尊遂：尊贵显达。

译文一齐宣王召见颜斶，宣王说："颜斶，你到跟前来！"颜斶也说："大王，你到我跟前来！"宣王不高兴。左右的人说："王，是君主。你颜斶，是臣子。大王说'颜斶，到跟前来'，你也说'大王，到跟前来'，可以这样吗？"颜斶回答说："我走上前去是贪慕权势，大王走上前来则是礼贤下士。与其让我趋炎附势，不如让大王礼贤下士。"

宣王气得变了脸色，说："是君王尊贵，还是臣子尊贵？"颜斶回答说："臣子尊贵，君王不尊贵。"宣王问："这么讲有什么根据吗？"颜斶答道："有。从前秦国攻打齐国，曾下过一道命令，说：'有胆敢去柳下季墓地五十步之内的地方砍柴采木的，处以死罪不赦。'还有一道命令说：'有能取得齐王头颅的，封万户侯，赏黄金千镒。'由此可以看出，活着的君王的头颅，还不如死去的臣子的坟头珍贵。"

宣王说："唉，君子是可以侮辱的吗？我这是自取其辱呀。希望您接受我做弟子。只要颜先生与我交游，吃的必然是美味佳肴，出门必定乘车马，您的妻子儿女也穿戴华丽。”颜斶谢绝而离去，说：“玉石生在山上，一旦加工就破坏了它，不是加工后就不珍贵了，而是璞玉的本质不完整了。士人生活在山野，经过推举选拔享受到俸禄，并不是地位不尊贵，而是形体和精神不再如原来那样完整了。颜斶情愿回家，吃饭晚一点儿，就像吃肉一样；安适地步行，就像乘车一样；不获罪，就和地位尊贵一样；保持清净的生活和端正的德行，以此为乐。”于是颜斶向着宣王拜了两拜，告辞而去。

君子说：“颜斶懂得满足啊！回归自然、纯朴，就一生不会受到羞辱。”

《史记》

孔子世家赞

8

此文是《史记·孔子世家》的赞语，肯定了孔子是以道德学问而为后世景仰，表达了作者对孔子的高度崇敬之情。

太史公曰：《诗》有之："高山仰止，景行行止①。"虽不能至，然心乡往之②。余读孔氏书，想见其为人。适鲁③，观仲尼庙堂、车服、礼器，诸生以时习礼其家，余祗回留之④，不能去云。天下君王至于贤人众矣，当时则荣，没则已焉。孔子布衣，传十余世，学者宗之。自天子王侯，中国言六艺者⑤，折中于夫子⑥，可谓至圣矣！

注释 — ①景行：大道。②乡：通"向"。③适：到。④祗回：低回，流连。⑤六艺：即《诗》《书》《礼》《乐》《易》《春秋》。⑥折中：调和取正。夫子：此处指孔子。

译文一太史公说:《诗经》中有这样一句话:“山岳高耸,为人所瞻仰;道路宽广,人们沿着它前进。”我即便无法到达这种境界,内心依然向往。我读孔子的著作,设想他究竟是怎样一个人。我到过鲁国的故地,参观过孔子的庙堂、车驾、衣服和礼器,直到现在,儒生们仍旧按时在孔子的家庙中演习礼仪,我流连忘返,久久不愿离开。天下的君王乃至贤人有很多,但大都是在世的时候声名显赫,死后就湮没无闻了。孔子虽然是布衣之士,但他的学说已经流传了十几代,读书人都尊崇他。自天子、王侯起,中国讲说六艺的人,都以孔子的学说为标准,孔子真可以算得上是至高无上的圣人啊!

人无礼则不生，
事无礼则不成。

——荀子

崇礼

9

臧僖伯谏观鱼

《左传》

鲁隐公打算去远离国都的棠地观看渔人捕鱼的活动，臧僖伯认为这样率性任意的行为不合礼法，便加以劝阻。他从行为准则谈到政事，指出君王治理国家的关键，但隐公不听劝谏，以公务为名前往，最终被史书记下了不光彩的一笔。

春，公将如棠观鱼者[1]。

臧僖伯谏曰[2]：“凡物不足以讲大事，其材不足以备器用，则君不举焉。君将纳民于轨、物者也[3]。故讲事以度轨量，谓之轨；取材以章物采，谓之物。不轨不物，谓之乱政。乱政亟行[4]，所以败也。故春蒐[5]、夏苗[6]、秋猕[7]、冬狩[8]，皆于农隙以讲事也。三年而治兵，入而振旅[9]。归而饮至，以数军实。昭文章[10]，明贵贱，辨等列，顺少长，习威仪也。鸟兽之肉，不登于俎[11]，皮革、齿牙、骨角、毛羽，不登于器，则君不射，古之制也。若夫山林、川泽之实，器用之资，皂隶

注释一 ①鱼：通“渔”，捕鱼。②臧僖伯：鲁国公子。③轨：法度。物：礼制。④亟：屡次。⑤春蒐（sōu）：在春天猎取没有怀孕的野兽。⑥夏苗：指在夏天猎取危害庄稼的野兽。⑦秋猕（xiǎn）：在秋天出猎。⑧狩：围猎。⑨振旅：整顿军队。⑩文章：花纹和色彩。⑪登：装进。俎（zǔ）：古代祭祀、宴会时盛肉类等食品的器皿。

之事[12]、官司之守，非君所及也。”

公曰：“吾将略地焉[13]。”遂往。陈鱼而观之。

僖伯称疾不从。

书曰：“公矢鱼于棠[14]。”非礼也，且言远地也。

注释 一 ⑫皂隶：差役。⑬略：巡视。⑭矢：陈列。

译文—春天，鲁隐公打算到棠邑观看渔民捕鱼。

臧僖伯劝谏说："凡是无法用于讲解和国计民生有关的事情，或者其材料不能用来制作礼器和兵器的物品，国君就不要去理会它。国君是要引导臣民的行为符合于法度和礼制的人。因此，通过讲习大事来衡量法度是否规范，称为正轨；选取材料制作器物以显示它的光彩，称为礼制。不合法度规范、无关礼制的行动，称为乱政。屡屡行乱政，就是衰败的原因。所以四季的狩猎活动都是在农闲时进行，并借此机会讲习军事。每三年出城进行一次大演习，进城便整顿军队，然后到宗庙宴饮、祭告，清点军用器物、狩猎所得。使车马、服饰、旌旗等花纹色彩鲜艳，分清贵贱，辨清等级，理顺少长之序，这都是讲习大事的威仪。鸟兽的肉不能放到祭祀用的器具里，皮革、牙齿、骨角和羽毛不能用来制作军事器物，这样的鸟兽，君主就不会去射它，这是自古以来的规矩。至于山林、河湖的物产，一般器具的材料，这些都是有关人员的工作、有关部门的职守，不是国君应该管的。"

隐公说："我准备去那里巡视。"于是就去了棠地。他让人们把捕鱼的器具陈列出来，自己在那里观赏。

僖伯说自己生病了，没有随行。

《春秋》上说："隐公在棠地陈设渔具。"认为这种行为不合礼法，并且讽刺鲁隐公跑到远离国都的地方。

《左传》

齐桓下拜受胙

10

公元前651年，齐桓公和诸侯会盟于葵丘，史称『葵丘之盟』。周天子也派代表出席了这次会盟，承认了齐桓公中原霸主的地位。本文描绘了周天子派使臣封赐桓公时的情形，它重点描绘了齐桓公受封时的言行，表现出桓公尊周守礼的情态。

会于葵丘①，寻盟，且修好，礼也。王使宰孔赐齐侯胙②，曰："天子有事于文、武③，使孔赐伯舅胙④。"齐侯将下拜。孔曰："且有后命。天子使孔曰：'以伯舅耋老⑤，加劳，赐一级，无下拜。'"对曰："天威不违颜咫尺⑥，小白余敢贪天子之命'无下拜'？恐陨越于下⑦，以遗天子羞，敢不下拜？"下，拜，登，受。

注释 — ①葵丘：春秋宋国地名，今河南民权东北。②王：这里指周襄王。宰孔：周天子的使臣。胙（zuò）：祭祀用的肉。③天子：即周襄王。④伯舅：周王室是与异姓诸侯通婚的，所以尊称他们为伯舅。⑤耋（dié）老：年老。⑥违：远。颜：额头。⑦陨越：颠坠。

译文 — 齐桓公与众诸侯在葵丘会面，重申过去的盟约，并且彼此修好，这是合乎礼法的。周天子派宰孔赐祭肉给齐桓公，说：“天子正忙着祭祀文王、武王，派我赐给伯舅祭肉。”齐桓公要下阶跪拜。宰孔说：“天子还有其他的命令。天子让我对您说：‘因为伯舅已年老，而且对王室有功，赐爵一等，不用下阶跪拜。’”齐桓公回答道：“天子的威严离我的额头还没有咫尺那么远，小白我难道敢贪妄天子的命令而‘不用下阶跪拜’吗？我怕因为失礼而从诸侯的位子上坠落下来，给天子带来羞辱，我难道敢不下拜吗？”于是从台阶上下来，跪拜，然后才登上台阶，接受了祭肉。

11

臧哀伯谏纳郜鼎

《左传》

公元前710年，宋国的太宰华督杀死宋国大臣孔父嘉，并霸占了他的妻子，之后又杀害了宋殇公，立宋殇公的儿子公子冯做了国君。这年3月，齐、鲁、郑、陈四国承认了华督的新政权。华督为了拉拢四国，就向四国行贿。鲁国得到的贿赂是原属郜国的大鼎。鲁国大臣臧哀伯担心鲁国接受郜鼎不合礼法，便向鲁桓公劝谏，指出这是『非礼』的行为。

夏四月，取郜大鼎于宋[1]，纳于大庙。非礼也。

臧哀伯谏曰[2]："君人者，将昭德塞违，以临照百官，犹惧或失之，故昭令德以示子孙。是以清庙茅屋[3]，大路越席[4]，大羹不致[5]，粢食不凿[6]，昭其俭也。衮、冕、黻、珽[7]，带、裳、幅、舄[8]，衡、紞、

注释 — ①郜（gào）：国名，在今山东成武东南。②臧哀伯：鲁国大夫，名达，即臧孙达。③清庙：即太庙。④大路：即"大辂"，大车，特指天子所乘的礼车。越（kuò）席：蒲草编织的席子。⑤大（tài）羹：古代祭祀时用的肉汁。大：同"太"。不致：不放调味品。⑥粢（zī）食：指祭祀用的谷物做的饭食。⑦衮（gǔn）：古代帝王及上公祭祀穿的衣服。冕：古代帝王及上公所戴的礼帽。黻（fú）：古代祭祀穿的蔽膝，用熟皮做成。珽（tǐng）：古代天子所持的玉笏，又称大圭。⑧幅：即缠腿的布。舄（xì）：重木底鞋（古时最尊贵的鞋，多为帝王或大臣穿）。

纮、綖[9]，昭其度也。藻、率、鞞、鞛[10]，鞶、厉、游、缨[11]，昭其数也。火、龙、黼、黻[12]，昭其文也。五色比象，昭其物也。钖、鸾、和、铃[13]，昭其声也。三辰旂旗[14]，昭其明也。夫德俭而有度，登降有数，文、物以纪之，声、明以发之，以临照百官，百官于是乎戒

注释 — ⑨衡：用来固定冠的横簪。紞（dǎn）：冠两旁系瑱的带子。纮（hóng）：冠带，系于颔下。綖（yán）：覆盖在冠冕上的装饰品。⑩藻、率（lǜ）：古代放置圭、璋等玉器的垫子。鞞（bǐng）、鞛（běng）：刀鞘和刀鞘上近口处的饰物。⑪鞶（pán）、厉：古代衣服上的大带及其下垂部分。游（liú）：通“旒”，旌旗上的飘带。缨：马鞅，指古代用马拉车时套在马颈上的革带。⑫火、龙、黼（fǔ）、黻（fú）：古代礼服上绣的花纹图案。⑬钖（yáng）、鸾、和、铃：古代车马旌旗上的四种响铃。⑭三辰：指日、月、星。旂（qí）旗：有铃铛的旗子。

惧，而不敢易纪律。今灭德立违，而置其赂器于大庙，以明示百官，百官象之，其又何诛焉？国家之败，由官邪也。官之失德，宠赂章也。郜鼎在庙，章孰甚焉？武王克商，迁九鼎于雒邑，义士犹或非之，而况将昭违乱之赂器于大庙，其若之何？”公不听⑮。

周内史闻之⑯，曰：“臧孙达其有后于鲁乎！君违，不忘谏之以德。”

注释 — ⑮公：这里指鲁桓公。⑯内史：周朝官名，掌书王命等事。

译文 一 夏四月，鲁桓公从宋国取来原属郜国的大鼎，并置放在太庙里。这是不合礼法的。

臧哀伯劝阻桓公说：“做人君的，应该发扬美德，抑制邪恶，以便为百官树立榜样，就这样还怕可能会有所缺失，所以还得宣扬美德以昭示子孙。因此太庙用茅草做屋顶，大车用蒲草席做垫子，祭祀的肉汁不调五味，祭祀用的饭食不用精米，这么做是为了表示节俭。礼服、礼冠、蔽膝、大圭，腰带、裙子、绑腿、木鞋，横簪、系瑱的带子、系冠的带子、冠顶覆盖的饰物，这些是为了显示等级上的差别。玉垫、刀饰，革带、带穗、旌旗上的飘带、马颈上的革带，这些是为了显示数量上的差别。礼服上火形、龙形、斧形、弓形等花纹，这些是为了显示花纹色彩上的差别。用五色绘出各种图像来装饰器物服饰，这是为了显示器物物色的差别。马铃、大小车铃、旗铃，是为了显示声音节奏。旌旗上画的日、月、星辰，是为了显示光明。追求美德，应该节俭而有法度，事物的增减都有一定的数量，用花纹和颜色加以标志，用声音和光亮加以表现，以此昭示给百官，百官于是就会警醒恐惧，从而不敢违反纲纪法律。现在您废弃道德而炫耀有违礼法的行为，并且把别人贿赂的器物置于太庙之中，把它明明白白地置于百官面前，如果百官效仿这种做法，您又该如何惩罚他们呢？国家的衰败，是由官员走入邪路开始的。官员丧失道德，是因为自恃被宠信而明目张胆地接受贿赂。郜鼎置于太庙之中，还有什么比这样明目张胆地接受贿赂更甚的呢？周武王打败商纣王，将九鼎迁到雒邑，正义之士尚且有所非议，更何况是把象征违背礼法、宣扬叛乱的贿赂器物放在太庙之中，这怎么能行呢？”桓公不听。

周朝的内史听说了这件事，说：“臧孙达在鲁国会后嗣荣昌吧！国君违背礼法，他能够不忘记用德行劝谏国君。”

12

晏子不死君难

《左传》

齐庄公与崔武子的妻子棠姜私通，崔武子知道后杀死了庄公。对此，深明大义的晏婴表示，庄公不是为了社稷而死，所以不必为其殉死，也不必因他而逃亡。但晏婴冒着生命危险，趴在庄公尸身上大哭，以尽臣子对君王的哀悼之情。

崔武子见棠姜而美之[1]，遂取之。庄公通焉，崔子弑之。

晏子立于崔氏之门外[2]，其人曰："死乎？"曰："独吾君也乎哉，吾死也？"曰："行乎？"曰："吾罪也乎哉，吾亡也？"曰："归乎？"曰："君死，安归？君民者[3]，岂以陵民[4]？社稷是主。臣君者，岂为其口实[5]？社稷是养。故君为社稷死，则死之；为社稷亡，则亡之。若为己死，而为己亡，非其私昵，谁敢

注释 — ①崔武子：即崔杼，齐国卿。棠姜：齐国大夫棠公的遗孀，后嫁给崔杼。②晏子：即晏婴，历仕齐灵公、庄公、景公三朝，春秋后期政治家。③君民：做百姓的君主。④陵：凌驾。⑤口实：指俸禄。

任之？且人有君而弑之，吾焉得死之？而焉得亡之？将庸何归？”

门启而入，枕尸股而哭。兴⑥，三踊而出⑦。人谓崔子：“必杀之。”崔子曰：“民之望也，舍之，得民⑧。”

注释 — ⑥兴：站起来。⑦踊：跳，此处可理解为“顿足”。古代以“擗踊”（捶胸顿足）表示哀痛。⑧舍：释放。

译文 一 崔武子看到棠姜，认为她很美，于是娶了她。齐庄公和棠姜私通，崔武子把齐庄公杀死了。

晏子站在崔家门外，晏子的用人说："你打算为国君殉死吗？"晏子说："国君只是我一个人的国君吗？我为什么要死？"用人说："你打算逃出齐国吗？"晏子说："这是我的罪过吗？我为什么要逃走？"用人说："你要回家吗？"晏子说："国君死了，怎能回去？做百姓的君主，岂可借此凌驾于百姓之上？君主要以国家为重。辅佐、侍奉国君的人，难道是为了他的俸禄？而是要以保护国家为重。所以要是国君为国家而死，臣子就跟着他去死；要是国君为国家而逃亡，臣子就跟着他逃亡。如果国君是为自己而死，或者为了自己而逃亡，不是他宠爱亲近的人，谁敢承担责任？况且别人另立了君主而杀了他，我怎能为他去死？怎能为他而逃亡？又能回哪儿去呢？"

门开了，晏子走进去，枕着尸体的大腿大哭。哭完站起来，一番顿足之后才离开。有人对崔武子说："一定要杀掉他。"崔武子说："他是百姓所仰望的人，放了他，可以得民心。"

13

曾子易箦

《礼记》

曾子临终之际，家中的仆童发现曾子身下所铺的席子跟礼制不符，就毫无顾忌地指出来。曾子的弟子和儿子不想让曾子起身换席子，曾子却坚持起身更换，然后安然死去。

曾子寝疾[1]，病[2]。乐正子春坐于床下[3]，曾元、曾申坐于足[4]，童子隅坐而执烛。

童子曰："华而睆[5]，大夫之箦与[6]？"子春曰："止！"曾子闻之，瞿然曰[7]："呼！"曰："华而睆，大夫之箦与？"曾子曰："然。斯季孙之赐也[8]，我未之能易也。元，起易箦。"曾元曰："夫子之病革矣[9]，不可以变。幸而至于旦，请敬易之。"曾子曰："尔之爱我也，不如彼。君子之爱人也以德，细人之爱人也以姑息。吾何求哉？吾得正而毙焉，斯已矣。"举扶而易之，反席未安而没。

注释 — ①曾子：曾参，孔子弟子。②病：重病。古称轻者为疾，重者为病。③乐正子春：曾参的弟子。④曾元、曾申：曾参的儿子。⑤睆（huǎn）：华丽，光亮。⑥箦（zé）：竹席。⑦瞿（jù）然：吃惊的样子。⑧季孙：这里指鲁国大夫季孙氏。⑨革（jí）：通"亟"，危急，指病重。

译文 — 曾子病卧在床上，病情已经很重了。乐正子春坐在床下，曾元、曾申坐在曾子的脚边，童仆坐在屋子的角落里拿着蜡烛。

童仆说："华美而光亮，那是大夫才能用的席子吧？"乐正子春说："别说话！"曾子听到了，吃惊地说："啊！"童仆又说道："华美而光亮，那是大夫才能用的席子吧？"曾子说："是的。这是季孙氏赠送给我的，我还没来得及把它换掉。元，扶我起来，把席子换掉。"曾元说："您老人家的病已经很重了，不能换席子。希望能挨到天亮，我再恭敬地换掉它。"曾子说："你对我的爱护还不如那个童子。君子爱护人是从德行上去爱护他，小人爱护人是姑息迁就。我还能有什么要求呢？我能死得合于礼制，这也就够了。"于是大家扶起曾子，换了席子，他被扶回到换好的席子上，还没有躺安稳，就去世了。

《史记》

伯夷列传

14

伯夷是商末孤竹君的长子，最初辅佐商纣王，商纣暴虐无道，伯夷为了避难就离开朝廷。伯夷听说姬昌治理下的西岐安定富足，就前去投奔。姬昌死后，其子武王即位，很快灭掉了商朝。伯夷认为臣子伐君属于不义之举，就和叔齐一起前往首阳山隐居，发誓不吃周朝的粟米，结果双双饿死。周武王听说伯夷、叔齐的事迹后，对他俩大加赞赏。司马迁写《伯夷列传》，就是为了教育后人砥砺品行，使伯夷的仁义美德传于后世。

夫学者载籍极博[1]，犹考信于六艺。《诗》《书》虽缺，然虞、夏之文可知也。尧将逊位，让于虞舜，舜、禹之间，岳牧咸荐[2]，乃试之于位。典职数十年，功用既兴，然后授政，示天下重器[3]。王者大统，传天下若斯之难也。而说者曰，尧让天下于许由[4]，许由不受，耻之逃隐。及夏之时，有卞随、务光者。此何以称焉？太史公曰：余登箕山[5]，其上盖有许由冢云。孔子序列古之仁圣贤人，如吴太伯、伯夷之伦详矣。余以所闻由、光义至高，其文辞不少概见，何哉？

孔子曰：“伯夷、叔齐，不念旧恶，怨是用

注释 — ①载籍：书籍。②岳：四岳，传说中尧、舜时分别掌管四方部落的四个首领。牧：指九牧，传说中的九州之长。③重器：宝器。④许由：尧时高士。⑤箕山：在今河南登封东南。

希。”“求仁得仁，又何怨乎？”余悲伯夷之意，睹轶诗可异焉[6]。其传曰：

伯夷、叔齐，孤竹君之二子也。父欲立叔齐，及父卒，叔齐让伯夷。伯夷曰：“父命也。”遂逃去。叔齐亦不肯立而逃之。国人立其中子。于是伯夷、叔齐闻西伯昌善养老[7]，“盍往归焉[8]！”及至，西伯卒，武王载木主[9]，号为文王，东伐纣。伯夷、叔齐叩马而谏曰：“父死不葬，爰及干戈，可谓孝乎？以臣弑君，可谓仁乎？”左右欲兵之。

注释 — ⑥轶：散失。⑦西伯昌：周文王姬昌，商时被封为西伯，即西方诸侯之长。⑧盍（hé）：何不。⑨木主：木牌位。

太公曰："此义人也。"扶而去之。武王已平殷乱，天下宗周，而伯夷、叔齐耻之，义不食周粟，隐于首阳山⑩，采薇而食之⑪。及饿且死，作歌，其辞曰："登彼西山兮，采其薇矣。以暴易暴兮，不知其非矣。神农、虞、夏忽焉没兮，我安适归矣？于嗟徂兮，命之衰矣！"遂饿死于首阳山。

由此观之，怨邪非邪？

或曰："天道无亲，常与善人。"若伯夷、叔齐，可谓善人者非邪？积仁洁行如此而饿死！且七十子之徒，

注释 — ⑩首阳山：在今山西永济南。⑪薇：野菜。

仲尼独荐颜渊为好学。然回也屡空，糟糠不厌，而卒蚤夭。天之报施善人，其何如哉？盗跖日杀不辜[12]，肝人之肉，暴戾恣睢[13]，聚党数千人，横行天下，竟以寿终，是遵何德哉？此其尤大彰明较著者也。若至近世，操行不轨，专犯忌讳，而终身逸乐，富厚累世不绝。或择地而蹈之，时然后出言，行不由径，非公正不发愤，而遇祸灾者，不可胜数也。余甚惑焉，傥所谓天道，是邪非邪？

子曰："道不同，不相为谋。"亦各从其志也。故曰："富贵如可求，虽执鞭之士，吾亦为之。如不可求，

注释 — ⑫盗跖（zhí）：古时奴隶起义的领袖。⑬恣（zì）睢（suī）：任意胡为。

从吾所好。”“岁寒，然后知松柏之后凋。”举世混浊，清士乃见。岂以其重若彼，其轻若此哉?

“君子疾没世而名不称焉。”贾子曰[14]：“贪夫徇财，烈士徇名，夸者死权，众庶冯生[15]。”同明相照，同类相求。“云从龙，风从虎，圣人作而万物睹。”伯夷、叔齐虽贤，得夫子而名益彰；颜渊虽笃学，附骥尾而行益显。岩穴之士[16]，趣舍有时若此[17]，类名堙灭而不称[18]，悲夫！闾巷之人，欲砥行立名者，非附青云之士，恶能施于后世哉[19]！

注释 — ⑭贾子：西汉初期政论家、文学家贾谊。⑮冯（píng）：通“凭”，凭借。⑯岩穴之士：退隐山林的隐士。⑰趣：通“趋”，向前，进取。舍：隐退。⑱堙（yīn）灭：废置，埋没。⑲施（yì）：延续。

译文 — 在学术上有一定造诣的人阅读的书籍很多，但仍然要从六经当中考察真实可信的记载。《诗经》《尚书》虽然残缺不全，但是记载的关于虞、夏的文字还是可以学习、了解的。唐尧将要退位，让位给虞舜，以及舜让位给禹的时候，四方的诸侯和州牧都来推荐他们，他们这才试着担任起职务。等他们主持国政几十年，多年的治理已经显现出成效，然后才正式把政权交给他们，这表明天下是极为贵重的宝器。帝王是统领天下的职位，要将天下传给一个人，像这样难啊！然而也有人说，尧本来想把天下禅让给许由，许由不接受，把这当作是对他的羞辱，逃走隐居了起来。到了夏朝的时候，又有了不接受商汤让位的卞随和务光，这又该怎么解释呢？太史公说：我登上过箕山，相传山上有许由的坟墓。孔子依次排列古代仁德圣明的贤人，如吴太伯、伯夷等一类人，并且记述得很详细。我听说许由、务光的德行都很高尚，但见不到任何有关他们的简略记载，这又是为什么呢？

孔子说："伯夷、叔齐不念以往的仇恨，因而怨恨很少。""他们追求仁义，并且得到了仁义，又能有什么怨恨呢？"我对伯夷、叔齐的用意深感悲痛，但看到他们遗散的诗篇，又感到诧异。他们的传文上说：

伯夷、叔齐是孤竹君的两个儿子。父亲本想立叔齐为国君，等到父亲死了，叔齐却要把君位让给伯夷。伯夷说："这是父亲的遗命。"于是便逃走了。叔齐也不肯继承君位，也逃走了。国人立孤竹君中间的儿子为国君。在这个时候，伯夷、叔齐听说西伯昌很爱护老人，就想："何不去投奔他呢！"等去到那里，西伯昌已经死了，他的儿子武王载着父亲的灵位，追尊西伯昌为文王，率军东去，讨伐商纣。伯夷、叔齐勒住武王的马缰劝阻说："父亲死了却不安葬他，而是发动战争，这可以说是孝顺的行为吗？作为臣子却要去杀害君王，这可以说是仁义的举动吗？"武王身边的人想要杀掉他们。太公吕尚说："这是有义气的人啊。"于是让人扶着他们离开。等到武王平定了商纣之乱，天下尽皆归顺了周朝，伯夷、叔齐却认为这是耻辱的事情，并坚持他们的节义，发誓不吃周朝的粮食，隐居在首阳山上，依靠采摘野菜充饥。等到快要饿死的时候，两人作了一首歌，歌词是："登上那座西山啊，采摘山中的薇菜。以残暴去代替残暴，竟不知道这是错误的行径。神农、虞、夏的时代转眼都已不再，哪里才是我们的归宿？唉，还是去死吧，命运已经衰微了！”最后饿死在首阳山上。

由此看来，他们是怨恨呢，还是不怨恨呢？

有人说：“天道并不对谁特别偏爱，但通常是帮助善良人的。”像伯夷、叔齐这样的人，应该可以说是善良的人吧，难道不是吗？他们如此行善积德、品行高洁，却终于饿死！况且在孔子七十二名得意弟子中，孔子唯独推荐颜回为最好学的人，可是颜回却总是穷困缠身，连糟糠都没得吃，最终早早死去。上天对于好人的报施，究竟是怎样的呢？盗跖整日杀害无辜的人，吃人心肝，残暴凶狠，为所欲为，并且聚集党羽数千人，横行天下，竟得以长寿而终，他又积了什么德，行过什么善呢？这几个事例最为典型了。如果说到近代，那些操行不轨、专门违法犯禁的人，却能终身安逸享乐，拥有丰厚的财富，世世代代都享用不尽。有的人走的地方要精心地加以选择，说话要找好时机才肯开口，走路不敢经由小径，不是公正的事绝不努力去做，而这样的人中遭遇祸灾者，数不胜数。我深感困惑，倘若有所谓的天道，那么这天道是对的呢，还是错的呢?

孔子说："主张不同，不必相互磋商。"也就是说各人按各人的意志行事罢了。所以孔子说："假如富贵能够求得，即使做个赶车的人，我也愿意；假如求不得，宁愿依从自己的爱好。""天气寒冷以后，才知道松柏的树叶是最后凋落的。"整个社会都混乱污浊的时候，品行高洁的人才会显露出来。这难道不是因为有的人把富贵看得太重，才显得高洁之士把富贵看得如此之轻吗?

"君子怕的是自己死后的名声不被人称道。"贾谊说："贪财的人为财而死，重义的人为名节献身，追逐权势的人为争权而丧生，平民百姓则只顾自己的生存。"同是明灯，方能相互辉照；同是一类，方能相互亲近。"云从龙，风从虎，只有圣人出现，万物才会显露出本来的面目。"伯夷、叔齐虽然有贤德，但在得到孔子的赞颂后，名声才愈加显著；颜回虽然专心好学，因为追随孔子，而德行更加得到彰显。居住在山林中的隐士们，入世、出世，都是像这样有一定的时运，如果这些人的名声都被埋没而没有得到称颂，那该多么可惜啊！普通百姓想要砥砺德行，树立名声，如果不依靠德高望重的人，怎么可能扬名后世呢！

15

上书谏猎

司马相如

本文选自《汉书·司马相如传》。汉武帝喜欢四处游猎，而游猎则难免危险。司马相如得知这一情况后，向武帝呈上了这篇劝谏之辞。司马相如在文中处处为皇帝着想，可谓体贴入微，武帝看过此文后，也对他大加赞赏。

相如从上至长杨猎[1]。是时天子方好自击熊豕，驰逐野兽。相如因上疏谏曰："臣闻物有同类而殊能者，故力称乌获[2]，捷言庆忌[3]，勇期贲、育[4]。臣之愚，窃以为人诚有之，兽亦宜然。今陛下好陵阻险，射猛兽，卒然遇逸材之兽[5]，骇不存之地，犯属车之清尘[6]，舆不及还辕，人不暇施巧，虽有乌获、逢蒙之技不得用[7]，枯木朽株尽为难矣。是胡、越起于毂下，而羌、夷接轸也[8]，岂不殆哉！虽万全而无患，然本非天子之

注释一 ①长杨：秦宫殿名，故址在今陕西周至。②乌获：战国时秦国的大力士。后为力士的泛称。③庆忌：春秋时吴王僚之子。④期：一定。贲、育：战国时的勇士孟贲和夏育。⑤卒：同"猝"，突然。逸材：形容野兽健壮有力。⑥属车：帝王出行时的侍从车。清尘：车后扬起的尘埃，亦用作对尊贵者的敬称。⑦逢蒙：古代善于射箭的人，相传是后羿的徒弟。⑧轸（zhěn）：古代指车箱底部四周的横木。

所宜近也。且夫清道而后行，中路而驰，犹时有衔橛之变[9]。况乎涉丰草，骋丘墟，前有利兽之乐，而内无存变之意，其为害也不难矣。夫轻万乘之重，不以为安，乐出万有一危之涂以为娱，臣窃为陛下不取。盖明者远见于未萌，而知者避危于无形，祸固多藏于隐微，而发于人之所忽者也。故鄙谚曰：'家累千金，坐不垂堂。'此言虽小，可以喻大。臣愿陛下留意幸察。"

注释 一 ⑨衔：金属制成的马嚼子。橛（jué）：木质的马嚼子。

译文 一 司马相如跟随汉武帝到长杨宫打猎。那时，汉武帝正迷恋于亲自射击熊或野猪，常常驱车策马追赶野兽，司马相如为此上书规劝说："我听说有些事物，虽然族类相同，能力却不尽相同，因此一样是勇士，论力气大要数乌获，论敏捷要数庆忌，论勇猛则要数孟贲、夏育。以我的愚见，私以为人类中确实存在这种现象，野兽也一样。如今陛下热衷于身临险境，射猎猛兽，万一突然遇上凶猛异常的野兽，使它在走投无路的境遇下惊慌起来，猛然前来扑袭皇上的车驾，车辆来不及掉头，身边的武将卫士也来不及应变，即使有乌获、逢蒙一样的技艺也难以派上用场，再加上枯木朽树这时都会成为逃避躲闪的障碍。这就像胡兵、越卒从车轮下蹿出，羌人、夷骑紧跟在车子后面，岂不危险啊！即便防护措施再怎么周全，再怎么万无一失，但是那些危险的地方本来也不是陛下应该接近的。更何况陛下外出，即使派人事先清理了道路后再行走，在大道上驰骋，尚且有时会发生马咬断嚼子之类的事故。更不用说涉足茂密的草丛之中，驰骋在山丘原野之上，眼前只有猎杀野兽的乐趣，而心中却没有对意外的防备，这种情况下是很容易遭遇危险的。陛下放弃天子的尊贵，不顾自己的安全，乐于外出到存在万一的危险的道路，以为有趣，我私以为您不应该这么做。大凡聪明的人，在事端尚未萌生时就能预见到，有智慧的人能在危险尚未形成之前便予以避免，灾祸往往就隐藏在不易察觉的地方，发生在人们疏忽大意的时候。所以俗话说：'家中富千金，不坐屋檐下。'这句话虽然微小，却可以引申到大的道理上。我希望陛下能够留意明察到这一点。"

克己复礼，
天下归仁。

——孔子

求仁

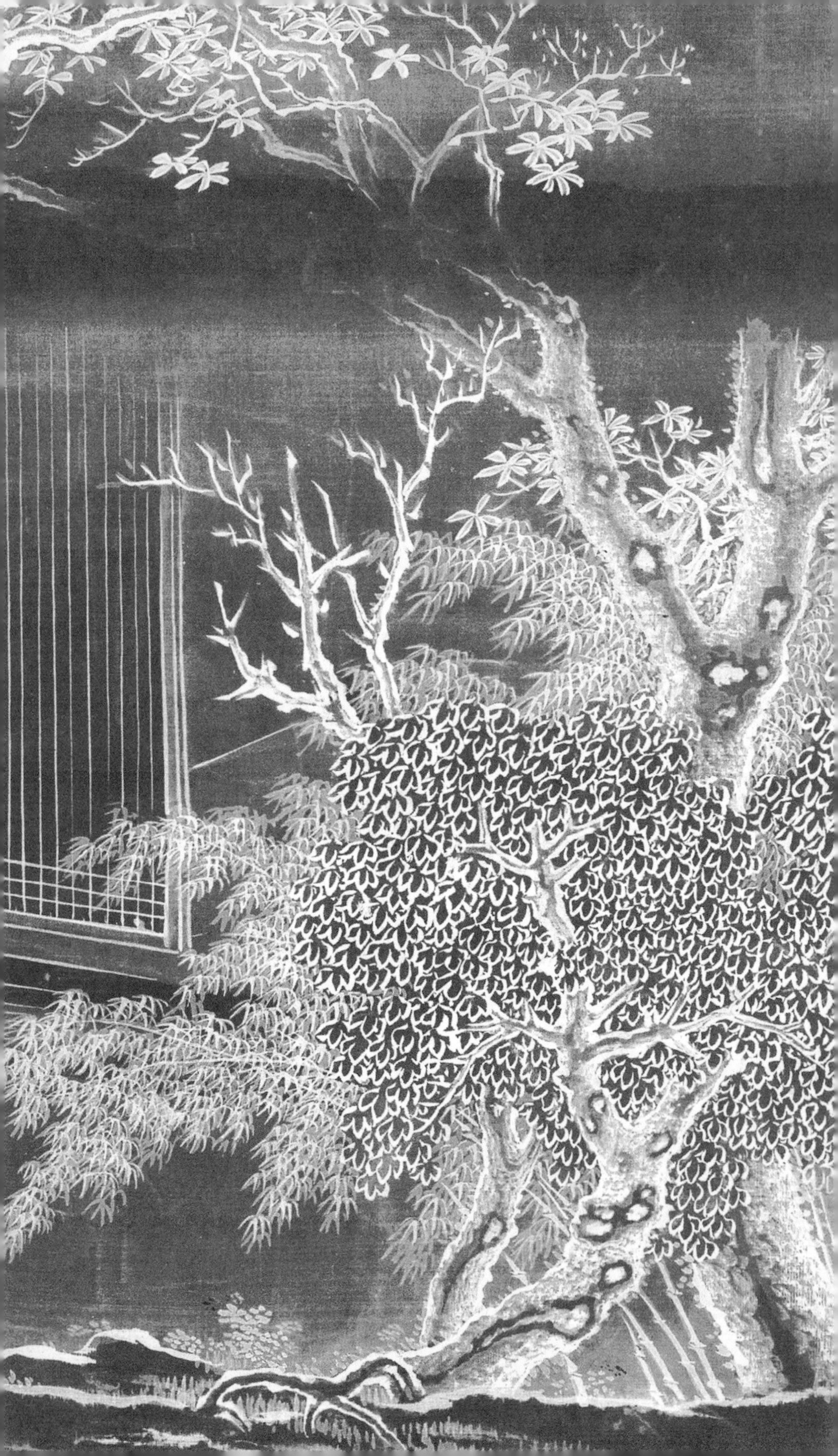

16

介之推不言禄

《左传》

晋国公子重耳在外流亡期间，介之推一直忠心追随其左右，甚至曾割下自己大腿上的肉为他充饥。后来，重耳返回晋国登上王位。晋文公重耳对流亡期间所有的有功之臣进行了封赏，唯独介之推没有获得封赏，而介之推也没有主动向文公邀功。此文通过介之推与母亲的一番话，表现了介之推耿介廉洁的高尚情操。

晋侯赏从亡者，介之推不言禄[1]，禄亦弗及。推曰："献公之子九人，唯君在矣。惠、怀无亲，外内弃之。天未绝晋，必将有主。主晋祀者，非君而谁？天实置之，而二三子以为己力，不亦诬乎？窃人之财，犹谓之盗，况贪天之功以为己力乎？下义其罪，上赏其奸，上下相蒙，难与处矣。"其母曰："盍亦求之？以死谁怼[2]？"对曰："尤而效之，罪又甚焉。且出怨言，不食其食。"其母曰："亦使知之，若何？"对曰："言，身之文也；身将隐，焉用文之？是求显也。"其母曰："能如是乎？与汝偕隐。"遂隐而死。晋侯求之不获，以绵上为之田[3]。曰："以志吾过，且旌善人[4]。"

注释一 ①禄：禄赏，赏赐。②怼：怨恨。③绵上：介之推隐居处，在今山西介休东南。④旌：表彰。

译文 — 晋文公封赏曾跟他一起流亡在外的人，介之推没有前去要求赏赐，而晋文公在封赏的时候也没有考虑到他。介之推说：“献公有九个儿子，如今只有国君还在人世。晋惠公、晋怀公没有亲近的人，国内外都厌弃他们。上天还没有想让晋国灭亡，所以晋国一定会等到贤明的君主。能主持晋国祭祀大典的人，不是君王又能是谁呢？这实在是上天要立他为君，而跟随国君逃亡的那几个人却认为是自己的功劳，这不是欺骗吗？偷别人的财物，尚且叫盗窃，何况是贪上天之功为自己的功劳呢？臣子们将他们的罪恶当作道义，国君对他们的不忠给予赏赐，上下互相欺瞒，我难以和他们相处。”他母亲说：“你为什么不去和他们一样请求赏赐呢？否则这样贫穷地死去，又能怨恨谁呢？”介之推回答说：“明知错误而去效仿，罪过就更重了。况且我已口出怨言，以后不能再吃君主的俸禄了。”他母亲说：“也要让国君知道一下此事，好吗？”介之推答道：“言语，是用来表白自己的；我选择隐退，哪里还用得着表白？那样做的话就是在追求显贵了。”他母亲说：“你能够这样做吗？那我就和你一起隐居吧。”于是母子两人便一直隐居到死。晋文公找不到他们的下落，就把绵上作为他的封田，说：“就用它来记下我的过失，并且表彰善良的人吧。”

《公羊传》

吴子使札来聘

17

季札是吴王寿梦的幼子。在众兄弟之中，季札年纪最小，但非常贤明，季札的兄长谒、余祭、夷昧依次做国君，想把王位传给季札。季札不愿违背君位继承传统。后来僚做了吴王，阖闾不服气，派专诸刺杀了僚。流亡在外的季札听说这件事后，指责阖闾不仁不义，并且终生再未踏进吴国一步。本文表现了季札的仁义之心。

"吴子使札来聘[1]。"

吴无君，无大夫，此何以有君，有大夫？贤季子也[2]。何贤乎季子？让国也。其让国奈何？谒也，余祭也，夷昧也，与季子同母者四。季子弱而才，兄弟皆爱之，同欲立之以为君。谒曰："今若是迮而与季子国[3]，季子犹不受也。请无与子而与弟，弟兄迭为君，而致国乎季子。"皆曰："诺。"故诸为君者，皆轻死为勇，饮食必祝曰："天苟有吴国，尚速有悔于予身！"

注释 — ①吴子：指吴国国君余祭。"子"是低于公、侯、伯的爵位。当时中原国家认为吴国是蛮夷，不承认吴国有国君，因此《公羊传》认为《春秋》以"吴子"称余祭已经是对吴国的尊重了。②贤：赞许。季子：季札，吴王寿梦的幼子。③迮（zé）：仓促。

故谒也死，余祭也立；余祭也死，夷昧也立；夷昧也死，则国宜之季子者也。季子使而亡焉。

僚者[4]，长庶也，即之。季子使而反，至而君之尔。阖庐曰[5]："先君之所以不与子国而与弟者，凡为季子故也。将从先君之命与，则国宜之季子者也；如不从先君之命与，则我宜立者也。僚恶得为君乎？"于是使专诸刺僚，而致国乎季子。季子不受，曰："尔弑吾君，吾受尔国，是吾与尔为篡也；尔杀吾兄，吾又杀尔，是父子兄弟相杀，终身无已也。"去之延陵[6]，终

注释 一 ④僚：吴王僚，寿梦的庶子，一说是夷昧之子。⑤阖庐：即"阖闾"，名光，吴王谒之子，一说是夷昧之子。⑥延陵：吴邑名，在今江苏常州境内。

身不入吴国。故君子以其不受为义，以其不杀为仁。

贤季子，则吴何以有君，有大夫？以季子为臣，则宜有君者也。札者何？吴季子之名也。《春秋》贤者不名[7]，此何以名？许夷狄者，不壹而足也。季子者，所贤也，曷为不足乎季子？许人臣者必使臣，许人子者必使子也。

注释 一 ⑦不名：不直接称名。

译文——《春秋》记载："吴国国君派季札来鲁国访问。"

《春秋》原本认为吴国没有所谓的国君，没有所谓的大夫，这则记载为什么承认它有国君，有大夫呢？这是为了赞美季子。为什么要赞美季子？是因为他把君位让给了兄长。他让君位给兄长又是怎么一回事呢？谒、余祭、夷昧，与季子是同母所生的四兄弟。季子年纪最小但很有才干，兄长们都喜欢他，都想立他做国君。谒说："现在如果就这样仓促地把君位传给季子，季子仍然不会接受。请大家不要传位于子，而是传位于弟，弟兄依次为君，最后再把君位交给季子。"大家都说："好的。"所以这几个做国君的哥哥在位时都勇敢、不怕死，每次吃饭时，一定祷告说："上天如果还要让吴国继续存在下去，就请赶快把灾难降到我身上！"所以谒死之后，余祭继位；余祭死后，夷昧继位；夷昧死后，国君之位就应当轮到季子了。当时季子出使在外。

僚是庶子中年纪最大的，即位做了国君。季子出使而返，一回来就把僚当作国君看待。阖闾说：“先君之所以不把君位传给儿子而传给弟弟，都是因为季子。如果遵从先君的遗命，那君位就应该传给季子；如果不遵从先君的遗命呢，那么就应该由我来做国君。僚凭什么当国君呢？”于是阖闾就派专诸刺杀了僚，打算把君位交给季子。季子不肯接受，说：“你杀了我的国君，我接受你夺来的国家，这就变成了我与你合谋篡位；你杀了我兄长，我再把你杀掉，这是父子兄弟相互残杀，这样下去，一辈子也没有停止的时候。”于是离开吴国前往延陵，终生没有再回过吴国。所以君子把他不接受君位的行为当作义，把他不提倡自相残杀的举动看作仁。

赞美季子，那为什么就承认了吴国有国君，有大夫呢？这是因为既然承认季子做了臣子，那就应该有国君。“札”是谁？是吴国季子的名。《春秋》中对贤者不直书其名，这里为什么直书其名？这是因为认同夷狄，不能因为他们有一件事做得好就认为他们已经很完美了。季子，是被认为贤良的人，为什么还认为他不算完美呢？因为赞美人臣就要从为人臣的角度上去赞美他，赞美人子就要从为人子的角度上去赞美他。

18

晋献公杀世子申生

《礼记》

申生是晋献公的世子，献公的宠妾骊姬为了让儿子奚齐继承王位，在献公面前说尽申生的坏话，说他想谋杀献公，直到献公动了杀申生的念头。公子重耳得知后，劝申生向献公解释，或是逃出晋国，但申生出于仁和孝，最终自杀而死。本文的主旨正是称赞申生的大仁大义，他临死前还处处为国家和兄弟着想，所以后人尊他为『恭世子』。

晋献公将杀其世子申生[1]。公子重耳谓之曰："子盖言子之志于公乎[2]？"世子曰："不可。君安骊姬[3]，是我伤公之心也。"曰："然则盖行乎？"世子曰："不可。君谓我欲弑君也，天下岂有无父之国哉？吾何行如之？"

使人辞于狐突曰[4]："申生有罪，不念伯氏之言也，以至于死。申生不敢爱其死。虽然，吾君老矣，子少，国家多难。伯氏不出而图吾君，伯氏苟出而图吾君，申生受赐而死。"再拜稽首，乃卒。是以为恭世子也。

注释 一 ①世子：古代天子或诸侯的嫡长子。②盖：通"盍"，何不。③安：安逸，舒服，这里是意动用法，即"因……感到安逸"。骊姬：晋献公的宠妾，她生了奚齐后，想要废掉世子申生而立奚齐，于是在祭祀的肉里放了毒药，而后嫁祸给申生，逼他自杀。④狐突：姬姓狐氏，名突，字伯行，晋国大夫。他曾劝申生逃往别国，申生没有听。

译文 — 晋献公想杀掉他的世子申生。公子重耳对申生说：“你何不把你的心情对君上说明白呢？”世子说：“不可以。君王因为骊姬才感到安逸舒适，我要是这样做，会伤到君上的心。”重耳说：“既然如此，那么你何不逃走呢？”世子说：“不行。君王说我想弑君，谁会收留背着弑父罪名的人呢？我又能往哪儿跑呢？”

申生派人去向狐突诀别说：“申生有罪，没有听从您的话，以至难免一死。申生不敢吝惜自己的性命。就算如此，现在我们的君王已经老了，弟弟又还年幼，国家正处于多灾多难的时刻。您不出面为君王筹划国事便罢，您若肯出面为君王筹划政事，申生即便死了，也是蒙受了您的恩惠。”于是申生拜了两拜，叩完头，然后就自杀了。这就是世人称申生为恭世子的原因。

《史记》

19 屈原列传（节选）

屈原是楚国的王族，曾做过楚国的左徒，负责给楚王起草政令，以及接见外国使臣。然而屈原『信而见疑，忠而被谤』，屡遭靳尚、子兰等人的排挤陷害，两次被发配到湖湘之地。楚怀王客死秦国后，秦国起兵南下，攻破楚国国都，导致屈原的政治理想破灭。屈原痛心绝望之余，只好投汨罗江自尽，以死明志。司马迁在本文中除了叙述屈原的生平经历、文学创作外，还表达了对屈原忠君爱国的高尚情操的赞美。

屈原者，名平，楚之同姓也，为楚怀王左徒。博闻强志，明于治乱，娴于辞令[1]。入则与王图议国事，以出号令；出则接遇宾客，应对诸侯。王甚任之。

上官大夫与之同列，争宠而心害其能。怀王使屈原造为宪令，屈平属草稿未定[2]，上官大夫见而欲夺之。屈平不与，因谗之曰："王使屈平为令，众莫不知，每一令出，平伐其功，曰以为'非我莫能为'也。"王怒而疏屈平。

屈平疾王听之不聪也，谗谄之蔽明也，邪曲之害公也，方正之不容也，故忧愁幽思而作《离骚》。离骚

注释 一 ①娴：娴熟，熟练。②属（zhǔ）：撰著。

者，犹离忧也。夫天者，人之始也；父母者，人之本也。人穷则反本，故劳苦倦极，未尝不呼天也；疾痛惨怛③，未尝不呼父母也。屈平正道直行，竭忠尽智以事其君，谗人间之，可谓穷矣。信而见疑，忠而被谤，能无怨乎？屈平之作《离骚》，盖自怨生也。《国风》好色而不淫，《小雅》怨诽而不乱。若《离骚》者，可谓兼之矣。上称帝喾，下道齐桓，中述汤、武，以刺世事。明道德之广崇，治乱之条贯，靡不毕见。其文约，其辞微，其志洁，其行廉。其称文小而其指极大，举类迩而见义远。其志洁，故其称物芳；其行廉，故死而不

注释 — ③惨（cǎn）怛（dá）：悲痛、忧伤。

容。自疏濯淖污泥之中[4]，蝉蜕于浊秽，以浮游尘埃之外，不获世之滋垢[5]，皭然泥而不滓者也[6]。推此志也，虽与日月争光可也。

屈平既绌[7]，其后秦欲伐齐。齐与楚从亲[8]，惠王患之，乃令张仪详去秦[9]，厚币委质事楚[10]，曰："秦甚憎齐，齐与楚从亲，楚诚能绝齐，秦愿献商、於之地六百里[11]。"楚怀王贪而信张仪，遂绝齐，使使如秦受地，张仪诈之曰："仪与王约六里，不闻六百里。"楚使怒去，归告怀王。怀王怒，大兴师伐秦。秦发兵击之，大破楚师于丹、淅[12]，斩首八万，虏楚将屈匄[13]，遂取

注释 — ④濯（zhuó）淖（nào）：污浊。⑤滋垢：污垢。⑥皭（jiào）然：清白洁净的样子。滓：污浊。⑦绌：通"黜"，罢免。⑧从亲：指两国合纵相亲。⑨张仪：战国时纵横家，曾担任秦相。⑩委：呈献。质：通"贽"，古代初次拜见尊长时呈送的礼物。⑪商、於（wū）：秦国地名，在今陕西商洛至河南内乡一带。⑫丹：丹江。淅：丹江支流淅水。⑬屈匄（gài）：楚国大将。

楚之汉中地。怀王乃悉发国中兵以深入击秦，战于蓝田[14]。魏闻之，袭楚至邓[15]。楚兵惧，自秦归。而齐竟怒不救楚，楚大困。

明年，秦割汉中地与楚以和。楚王曰：“不愿得地，愿得张仪而甘心焉。”张仪闻，乃曰：“以一仪而当汉中地，臣请往如楚。”如楚，又因厚币用事者臣靳尚，而设诡辩于怀王之宠姬郑袖。怀王竟听郑袖，复释去张仪。是时屈平既疏，不复在位，使于齐，顾反[16]，谏怀王曰：“何不杀张仪？”怀王悔，追张仪不及。

其后诸侯共击楚，大破之，杀其将唐昧[17]。

注释 — ⑭蓝田：秦国地名，在今陕西蓝田西。⑮邓：其时属楚地，在今河南邓州市。⑯顾反：回来。⑰唐昧：楚将。

时秦昭王与楚婚，欲与怀王会。怀王欲行，屈平曰："秦，虎狼之国，不可信，不如毋行！"怀王稚子子兰劝王行："奈何绝秦欢！"怀王卒行。入武关，秦伏兵绝其后，因留怀王，以求割地。怀王怒，不听。亡走赵，赵不内⑱。复之秦，竟死于秦而归葬。

长子顷襄王立，以其弟子兰为令尹。楚人既咎子兰以劝怀王入秦而不反也。屈平既嫉之，虽放流，眷顾楚国，系心怀王，不忘欲反，冀幸君之一悟，俗之一改也。其存君兴国而欲反覆之，一篇之中三致志焉。然终无可奈何，故不可以反，卒以此见怀王之终不悟也。

注释 — ⑱内：同"纳"。

人君无愚智贤不肖，莫不欲求忠以自为，举贤以自佐，然亡国破家相随属，而圣君治国累世而不见者，其所谓忠者不忠，而所谓贤者不贤也。怀王以不知忠臣之分，故内惑于郑袖，外欺于张仪，疏屈平而信上官大夫、令尹子兰。兵挫地削，亡其六郡，身客死于秦，为天下笑。此不知人之祸也。《易》曰："井泄不食[19]，为我心恻，可以汲。王明，并受其福。"王之不明，岂足福哉！

令尹子兰闻之大怒，卒使上官大夫短屈原于顷襄王，顷襄王怒而迁之。

屈原至于江滨，被发行吟泽畔[20]。颜色憔悴，形容

注释 — ⑲泄（xiè）：淘去泥污。⑳被：通"披"。

枯槁。渔父见而问之曰：“子非三闾大夫欤？何故而至此？”屈原曰：“举世混浊而我独清，众人皆醉而我独醒，是以见放。”渔父曰：“夫圣人者，不凝滞于物而能与世推移。举世混浊，何不随其流而扬其波？众人皆醉，何不铺其糟而啜其醨[21]？何故怀瑾握瑜而自令见放为[22]？”屈原曰：“吾闻之，新沐者必弹冠，新浴者必振衣。人又谁能以身之察察[23]，受物之汶汶者乎？宁赴常流而葬乎江鱼腹中耳，又安能以皓皓之白，而蒙世俗之温蠖乎！”乃作《怀沙》之赋。

…………

注释一 ㉑铺（bū）：食。糟：酒渣。啜：喝。醨（lí）：薄酒。㉒瑾、瑜：美玉名。㉓察察：洁白的样子。

于是怀石，遂自沉汨罗以死。

屈原既死之后，楚有宋玉、唐勒、景差之徒者，皆好辞而以赋见称。然皆祖屈原之从容辞令，终莫敢直谏。其后楚日以削，数十年竟为秦所灭。

自屈原沉汨罗后百有余年，汉有贾生，为长沙王太傅，过湘水，投书以吊屈原。

太史公曰：余读《离骚》《天问》《招魂》《哀郢》，悲其志。适长沙，过屈原所自沉渊，未尝不垂涕，想见其为人。及见贾生吊之，又怪屈原以彼其材，游诸侯，何国不容，而自令若是。读《服鸟赋》，同死生，轻去就，又爽然自失矣。

译文 — 屈原，名平，与楚国王族同姓，担任楚怀王的左徒。他博闻强识，深知国家治乱的道理，并且能够娴熟地运用外交辞令。对内与楚怀王商议国家大事，来发布政令；对外接待宾客，应酬诸侯。楚怀王对他很信任。

上官大夫与屈原官位相当，想争得楚怀王的宠信，内心忌妒屈原的才能。怀王让屈原制定国家的法令，屈原起草的法令还没有定稿，上官大夫想强行夺取。屈原不给，上官大夫便在怀王面前讲屈原的坏话，说："大王叫屈原起草法令，无人不知，可每当一项法令颁布，屈原就以此自夸，说是'除了我，别人谁也做不来'。"怀王很生气，疏远了屈原。

屈原痛心于怀王听取意见不能明辨是非，被小人的谗言和谄媚所蒙蔽，邪恶之人妨害公正的人，使品行端正的人不为朝廷所容，所以他在忧思苦闷之中写下了《离骚》。离骚二字，正是遭遇忧愁的意思。上天，是人的起源；父母，是人的根本。人在处境困顿的时候就会追念本源，因此人在劳苦疲倦到极点的时候，没有不呼喊上天的；在经历病痛悲苦的时候，没有不呼唤父母的。屈原坚持正道，行事坦荡，竭尽忠心和智慧来侍奉他的君主，进谗言之人离间他，实在算得上困顿不堪了。他诚实守信却遭到猜疑，忠君却遭到诽谤，怎么会不心生怨愤呢？屈原写作《离骚》，原因是从这种怨愤中产生的。《国风》多写男女爱情却不放荡，《小雅》多有怨恨讽刺却不宣扬叛乱，像《离骚》这样的作品，可谓兼有《国风》和《小雅》的优点。《离骚》上溯到帝喾，近世称述齐桓公，中古称述商汤和周武王，用来讽刺当时的政事。阐明道德之广大崇高、国家治乱的因果和原则，无不深刻透彻。他的文笔简练，言辞含蓄，他的志趣高洁，品行廉正。他所作的文辞虽然讲述的是一些细小事物，却有着丰富的内涵；列举的事例虽近在眼前，表达的意思却极为深远。他志趣高洁，所以笔下的事物都是芬芳美好的；他品行廉正，所以至死也不能容于世俗。他出于本性，远离污泥浊水，像蝉儿脱壳那样摆脱污秽，因此超脱于尘俗之外，不受浊世的玷辱，保持清白的品性，出污泥而不染。推究屈原的这种志趣，即使说它能同日月争辉也未尝不可。

屈原已经被罢去官职，在此之后秦国想攻打齐国。齐国当时和楚国合纵相亲，秦惠王对此深感忧虑，就派遣张仪假装要背离秦国，给楚王献上厚礼，并且侍奉楚王，说："秦国非常憎恨齐国，齐国与楚国合纵相亲，如果楚国真能同齐国绝交，秦国愿意献上商、於一带的土地六百里。"楚怀王因为贪心而轻信了张仪的话，便与齐国断交，派使者到秦国接受土地，张仪骗秦国使者说："我与楚王约定的是献上六里的土地，没听说过六百里的事。"楚国使者愤怒地离开了，回来禀告了怀王。怀王大怒，大举兴师讨伐秦国。秦国出兵迎击楚军，于丹水和淅水一带大破楚军，杀了楚军八万人，俘虏了楚国大将屈匄，于是夺取了楚国汉中一带的土地。楚怀王于是举全国兵力深入秦地进攻秦军，在蓝田展开激战。魏国听此消息，偷袭楚国一直打到邓城。楚军感到惧怕，从秦国撤了回来。然而，齐国终究因为愤恨而不肯救援楚国，楚国陷入极为艰难的境地。

第二年，秦国割让汉中一带的土地给楚国以求讲和。楚王说："我不愿意要土地，我愿得到张仪，这样就甘心了。"张仪听了，于是说："用我张仪一人来抵汉中的土地，我请求派我到楚国去。"到了楚国，张仪又用丰厚的礼物贿赂了当权大臣靳尚，通过他在怀王宠姬郑袖面前编造了一套诡诈的言辞。怀王居然听信了郑袖的话，又放走了张仪。此时的屈原已被怀王疏远，不再担任之前的官职，正在出使齐国，他回到楚国以后，劝谏怀王说：“为何不杀张仪？”怀王后悔了，派人去追赶张仪，没有追上。

这之后，各诸侯国联合起来攻打楚国，大破楚军，杀了楚国大将唐昧。

这时秦昭王同楚国通婚，想要和怀王会面。怀王想去，屈原说：“秦国是虎狼一样的国家，不能相信，不去为好！”怀王的小儿子子兰劝怀王去：“怎么能断绝同秦国的友好关系呢！”怀王最终还是前往秦国。进入武关以后，秦国埋伏的军队截断了怀王的后路，于是将怀王扣留了下来，以此要求楚国割让土地。怀王异常愤怒，不答应秦国的条件。怀王逃亡到赵国，赵国拒绝接收。怀王又回到秦国，最终死在秦国，尸体被运回楚国安葬。

楚怀王的长子顷襄王继位，任用他的弟弟子兰做令尹。楚国人都怪罪子兰，因为他怂恿怀王到秦国去，而使楚怀王再也没有回来。屈原憎恨子兰，自己即使被流放，心里仍眷恋着楚国，惦记着怀王，没有忘记返回朝中效力的想法，希望楚王有朝一日能够幡然醒悟，世俗的陋习能够为之一改。他心存国君，希望振兴楚国，让楚国一改衰弱的局面，这样的意愿在《离骚》

一篇内就多次表露出来。但终究是无可奈何，所以他也没能回到朝中。由此也可以看出怀王至死不悟。

一个国君无论是愚昧还是智慧，无论是贤能还是不成器，没有不想寻求忠臣来效忠自己、任用贤良来辅佐自己的，但是国破家亡的事例屡次上演，而圣明的君主、清平的国家却几世也碰不到一个，这也许就是因为国君所认为的忠臣并不忠诚，所认为的贤者并不贤良。怀王因为不懂得忠臣的本分，所以在内为郑袖所迷惑，在外为张仪所欺骗，疏远屈原而信任上官大夫、令尹子兰，军队遭到挫败，国土减少，失掉了六郡，自己客死秦国，为天下人所耻笑。这就是不能知人善任所招来的灾祸啊。《易经》上说："井淘干净了，还没有人汲水而饮，真让我心里难过，因为井水是可以供人汲取饮用的。君王贤明，百姓会受到福佑。"君王昏庸而不贤明，怎么能带来福佑呢?

令尹子兰听说屈原憎恨他，非常愤怒，终究还是指使上官大夫在顷襄王面前讲屈原的坏话，顷襄王大怒，把屈原放逐到了外地。

屈原来到江边，披头散发，沿着江边行走吟唱，脸色憔悴，形容枯槁。渔父看到他，便问他说：“您不是三闾大夫吗？为什么到这里来？”屈原说：“整个世界都混沌不清，只有我一人干净；众人都醉倒了，只有我独个清醒，因此我遭到放逐。”渔父说：“聪明贤哲的人，不受外界事物的束缚，而能够随着世俗变化。整个世界都混浊，为什么不顺应世俗的潮流、推波助澜呢？众人都醉了，为什么不跟着吃酒渣、喝淡酒呢？为什么非要保持美玉一样高洁的品性，而使自己遭到放逐呢？”屈原说：“我听说过这样的话：刚洗完头发的人，一定要拍掉帽子上的灰尘；刚洗过澡的人，一定要抖去衣上的尘土。作为人，又有谁愿意让自己的清洁之身为世俗所污染呢？我宁可跳进这不停流淌的江水之中，葬身鱼腹，又怎能让高洁的心灵蒙受俗世的污染呢？”于是就作了《怀沙》赋。

…………

随后，屈原就抱着石头跳进汨罗江自尽。

屈原已死，在此之后，楚国出现了宋玉、唐勒、景差等人，他们都爱好文辞并且以擅长作赋著称。但他们都是效法屈原得体大方的言谈，终究不敢像屈原那样直言进谏。此后，楚国的领土一天天减小，几十年后，终于为秦国所灭。

屈原投江自尽一百多年后，汉朝出了个贾谊，他做长沙王的太傅时，路过湘水，曾作文章投入湘水中来凭吊屈原。

太史公说：我读《离骚》《天问》《招魂》《哀郢》等作品，为屈原的壮志难酬而悲伤不已。我前往长沙，参观屈原自沉的江水，未尝不伤感落泪，追思他的为人。直到看见贾谊凭吊他的《吊屈原赋》，又怪屈原，以他的杰出才能，如果周游各个诸侯国求官，哪个国家不会接纳重用他呢？他却把自己弄到这样的田地。读《服鸟赋》，看到屈原把生死等同看待，也把升迁罢免看得很轻，我又感到茫然自失了。

范仲淹

严先生祠堂记

20

严先生本姓庄，名光，字子陵，是光武帝刘秀的同学。光武帝因为钦佩他的才能，在登基之后便征召他入朝做谏议大夫。然而，严先生婉拒了官职，反而回到睦州富春山隐居起来，以耕田为生，以垂钓为乐，此事成为一时之美谈。严先生死后，睦州百姓为了纪念他，年年向他祭祀。北宋中期，范仲淹当了睦州知州，他为严先生修建了一座祠堂，并作了这篇记文。本文通过记叙严先生婉拒光武帝的邀请，隐居田园山林的事迹，赞扬了严先生不慕名利的崇高品质。

先生，光武之故人也。相尚以道。及帝握《赤符》[①]，乘六龙[②]，得圣人之时，臣妾亿兆，天下孰加焉？惟先生以节高之。既而动星象[③]，归江湖，得圣人之清。泥涂轩冕，天下孰加焉？惟光武以礼下之。

在《蛊》之上九，众方有为，而独“不事王侯，高尚其事”，先生以之。在《屯》之初九，阳德方亨，而能“以贵下贱，大得民也”，光武以之。盖先生之心，出乎日月之上；光武之量，包乎天地之外。微先生不能成光武之大[④]，微光武岂能遂先生之高哉？而使贪夫廉，懦夫立，是大有功于名教也。

注释 一 ①《赤符》：公元25年，儒生强华献上《赤伏符》，刘秀因而称帝，后泛指帝王受命的符瑞。②六龙：天子车驾的代称。③动星象：光武帝刘秀曾把严子陵请到宫中叙旧，还与严子陵同榻而卧。严子陵在睡梦中把脚搁到了刘秀的肚皮上。第二天观察天象的太史上奏，说是昨夜客星犯帝座甚急。④微：假如不是。

仲淹来守是邦，始构堂而奠焉。乃复为其后者四家，以奉祠事，又从而歌曰：“云山苍苍，江水泱泱。先生之风，山高水长。”

译文 — 严先生，是光武帝的老朋友。两个人以道义而相互推崇。等到光武帝得到《赤伏符》，乘天子车驾，得到圣人的时宜，统治着无数的臣民，普天之下有谁能超过他？只有先生以自己的气节而超过他。后来严先生因为与光武帝交情甚密，震动了天上的星象，又退隐江湖，达到了圣人清高脱俗的境界。先生视名利如粪土，普天之下又有谁能超过他？只有光武帝能够以礼而敬重他。

《易经》中《蛊》卦的“上九”爻辞中说，正当其他各爻都有所作为的时候，这一爻却偏偏是“不服侍王侯，而保持自己品德的高尚”，先生就是这样做的。《易经》中《屯》卦的“初九”一爻，表示阳德正在亨通，而能“以尊贵之身礼遇卑贱的人，大得民心”，光武帝正是这样做的。所以说，严先生的高尚情操，比日月还要高；光武帝的宽阔胸襟，能包容天地之外。没有先生，就不能成就光武帝气量的宏大；没有光武帝，又怎能成就先生的高尚节操？先生的所作所为，让贪婪的人变得廉洁，让怯懦的人变得自立自强，这真是对名教的莫大功劳啊。

我到本州任职后，才修建了祠堂来祭奠先生。然后又免除了先生后代子孙四家的赋役，让他们专心管理祭祀的相关事宜，还因此作了一首歌颂扬道：“云山苍苍，江水辽阔。先生的高风亮节，正如山之高，如水之长。”

张溥

五人墓碑记

21

明朝末年，政治黑暗，以魏忠贤为代表的宦官专权，对正直的士大夫进行残酷镇压，杨涟、左光斗、魏大中等先后被杀，周顺昌仅仅因为招待路经苏州的魏大中，也被拘捕杀害。周顺昌被捕时，对阉党早已切齿痛恨的苏州百姓终于忍无可忍，万人群起，攻击差役。事后，官府捕杀市民五人示众。本文是作者在阉党倒台后为五位殉难者所写的墓碑记，文中叙述了事件的经过，歌颂了五位烈士仗义抗暴、至死不屈的英勇行为。

五人者，盖当蓼洲周公之被逮，激于义而死焉者也。至于今，郡之贤士大夫请于当道，即除魏阉废祠之址以葬之[1]，且立石于其墓之门，以旌其所为。呜呼，亦盛矣哉！

夫五人之死，去今之墓而葬焉，其为时止十有一月耳。夫十有一月之中，凡富贵之子，慷慨得志之徒，其疾病而死，死而湮没不足道者，亦已众矣，况草野之无闻者欤？独五人之皦皦[2]，何也？

予犹记周公之被逮，在丁卯三月之望。吾社之行为士先者[3]，为之声义，敛资财以送其行，哭声震动天

注释 一 ①除：拆除。魏阉：魏忠贤。②皦皦（jiǎo）：明亮的样子。③吾社：张溥所组织的文社“应社”。

地。缇骑按剑而前[4]，问："谁为哀者？"众不能堪，抶而仆之[5]。是时以大中丞抚吴者，为魏之私人，周公之逮所由使也。吴之民方痛心焉，于是乘其厉声以呵，则噪而相逐，中丞匿于溷藩以免[6]。既而以吴民之乱请于朝，按诛五人，曰：颜佩韦、杨念如、马杰、沈扬、周文元，即今之傫然在墓者也[7]。

然五人之当刑也，意气扬扬，呼中丞之名而詈之[8]，谈笑以死。断头置城上，颜色不少变。有贤士大夫发五十金，买五人之脰而函之[9]，卒与尸合。故今之墓中，全乎为五人也。

注释 — ④缇（tí）骑：明代特务机关逮捕人犯的吏役。⑤抶（chì）：用鞭、杖或竹板打。⑥溷（hùn）：厕所。藩：篱笆。⑦傫（léi）然：形容重叠堆积。傫：通"累"。⑧詈（lì）：骂，责备。⑨脰（dòu）：颈项，这里代指头。

嗟夫！大阉之乱，缙绅而能不易其志者[10]，四海之大，有几人欤？而五人生于编伍之间，素不闻诗书之训，激昂大义，蹈死不顾，亦曷故哉？且矫诏纷出，钩党之捕遍于天下，卒以吾郡之发愤一击，不敢复有株治。大阉亦逡巡畏义，非常之谋，难于猝发。待圣人之出而投缳道路[11]，不可谓非五人之力也！

由是观之，则今之高爵显位，一旦抵罪，或脱身以逃，不能容于远近；而又有剪发杜门，佯狂不知所之者。其辱人贱行，视五人之死，轻重固何如哉？是以蓼洲周公，忠义暴于朝廷，赠谥美显，荣于身后；而五人

注释 一 ⑩缙绅：指官宦。⑪圣人：这里指崇祯皇帝，他即位后，尽诛阉党。投缳：自缢。

亦得以加其土封，列其姓名于大堤之上。凡四方之士，无有不过而拜且泣者，斯固百世之遇也！不然，令五人者保其首领，以老于户牖之下，则尽其天年，人皆得以隶使之，安能屈豪杰之流，扼腕墓道，发其志士之悲哉？故予与同社诸君子，哀斯墓之徒有其石也，而为之记，亦以明死生之大，匹夫之有重于社稷也。

贤士大夫者：冏卿因之吴公，太史文起文公，孟长姚公也。

译文 — 这五个人，就是周公蓼洲被捕时，为大义而激愤并赴死的。到了现在，吴郡的贤士大夫向当局请示，也就是要拆除魏忠贤废弃的生祠旧址来安葬他们，并在他们的墓前立碑，以表彰他们的事迹。唉，这也算是一件盛大隆重的事情了！

这五人的牺牲，距离现在为他们修墓安葬，时间不过十一个月罢了。在这十一个月当中，那些富贵人家的子弟，以及官运亨通的人，因为患病而死，死了就湮没于世而不足称道的，实在太多太多了，更何况那些生活在乡间毫无声名的人呢？唯独这五个人光耀于世，这是为什么呢？

我还记得周公被捕，是在丁卯年三月十五日。我们文社里那些道德品行可以作为读书人表率的人，替他伸张正义，募集钱财送他最后一程，哭声震天动地。这时候差役们以手抚剑上前问道："谁在为他哀声痛哭？"大家激愤难耐，把他们打倒在地。当时以大中丞职衔做吴地巡抚的，是魏忠贤的党羽，周公被捕正是出于他的指使。吴郡的百姓们对他正是万分痛恨，于是趁他厉声呵斥的时候，就高喊着一起追打他，中丞躲到厕所的篱笆里才得以逃脱。不久之后，他便以吴郡百姓暴动的罪名请奏朝廷，追究这件事，处死了五个人，他们是：颜佩韦、杨念如、马杰、沈扬、周文元，也就是现在并排埋葬在坟墓里的人。

然而这五个人受刑的时候意气昂扬，高喊着中丞的名字大骂，谈笑着死去。被砍下的头颅放在城上，神色一点儿都没有改变。有贤士大夫拿出五十金，买了这五人的头颅，用匣子盛好，最后把它同尸身合在一起。所以现在的墓中，五个人的遗体是完整的。

唉！在魏阉乱政的时候，当官而不改变气节的，天下之大，又能有几人呢？而这五个人出身平民，平时没有接受过诗书之教诲，却仍能为大义而激昂，义无反顾，视死如归，这又是什么缘故呢？况且当时假传的诏书频频下达，对受牵连的朋党的抓捕，遍布于全国，终于因为我们郡的愤怒抗击，他们不敢再株连治罪。魏阉也出于对正义的畏惧犹疑不决，篡夺帝位的阴谋难以立刻发动。等到当今圣上即位，魏阉就在放逐的路上自缢而死，不能说不是这五个人的功劳啊！

由此看来，那么如今那班位高权重者，一旦因获罪而接受惩治时，有的脱身逃跑，不能被远近的人收留；而又有剃发为僧，闭门不出，假装疯狂而不知逃往何处的。他们可耻的人格、卑劣的行为，比起这五个人的死来，轻重的差别到底怎么样呢？因此，周公蓼洲的忠义显于朝廷，得到皇上追赠的谥号，美名远扬，荣耀于死后；而这五个人也得以修建大墓重新安葬，并将他们的姓名并排刻在这大堤之上。凡是四方过往的行人，没有不到他们的墓前跪拜哭泣的，这真是百代难得的际遇呀！若非如此，假如这五个人都保全了他们的头颅，老死在家里，那么他们会尽享天年，但人人都可以把他们当作仆役来使唤，怎么能够使英雄豪杰们拜倒在他们的墓前，紧握手腕，愤慨异常，发出志士仁人的悲叹呢？所以，我和同社的各位先生，为这座墓空有一块石碑而没有碑文感到惋惜，就为其写了这篇碑记，也借以说明死生的重大意义，平民百姓也是能为国家做出重大贡献的。

文中提到的那几位贤士大夫是：太仆寺卿吴公因之，太史文公文起，姚公孟长。

不义而富且贵，
于我如浮云。

——孔子

重义

22

吕相绝秦

《左传》

公元前580年，晋国和秦国定好在令狐会盟，晋厉公先到令狐，秦桓公却不肯过河，只派大夫参加结盟，秦桓公回国后就背弃了盟约。秦国联合北狄和楚国，共同对抗晋国。秦晋关系恶化，晋侯派吕相去与秦国绝交。吕相到秦后，历数几代秦君的不义之举，指责秦国背信弃义，希望秦国能跟晋国讲和。虽然最终没有实现目的，但依然起到了战前宣传的效果，晋军在随后的战斗中取得了大胜。

晋侯使吕相绝秦①，曰："昔逮我献公及穆公相好②，戮力同心，申之以盟誓，重之以昏姻③。天祸晋国，文公如齐，惠公如秦。无禄④，献公即世⑤。穆公不忘旧德，俾我惠公用能奉祀于晋。又不能成大勋，而为韩之师⑥。亦悔于厥心，用集我文公，是穆之成也。

"文公躬擐甲胄⑦，跋履山川，逾越险阻，征东之

注释 — ①吕相：晋国大夫魏相，因其父被封于吕地，也称"吕相"。②逮：昔，以前。③昏：同"婚"。④无禄：不幸。⑤即世：去世。⑥韩之师：僖公十五年秦伐晋，战于韩原，秦国俘获晋惠公。⑦躬：亲自。擐（huàn）：穿上。

诸侯，虞、夏、商、周之胤而朝诸秦，则亦既报旧德矣。郑人怒君之疆場[⑧]，我文公帅诸侯及秦围郑。秦大夫不询于我寡君，擅及郑盟。诸侯疾之，将致命于秦。文公恐惧，绥靖诸侯，秦师克还无害，则是我有大造于西也。

“无禄，文公即世，穆为不吊，蔑死我君，寡我

注释 一 ⑧疆場（yì）：边界。

襄公，迭我殽地[9]，奸绝我好[10]，伐我保城，殄灭我费滑[11]，散离我兄弟，挠乱我同盟，倾覆我国家。我襄公未忘君之旧勋，而惧社稷之陨，是以有殽之师[12]。犹愿赦罪于穆公，穆公弗听，而即楚谋我。天诱其衷，成王陨命，穆公是以不克逞志于我。

“穆、襄即世，康、灵即位。康公，我之自出，又

注释 — ⑨迭：通“轶”，侵犯，袭击。⑩奸绝：断绝。

⑪费（bì）：滑国都城，在今河南偃师附近。

⑫殽之师：指僖公三十二年晋败秦军于崤山一事。殽：同“崤”。

欲阙剪我公室，倾覆我社稷，帅我蝥贼[13]，以来荡摇我边疆，我是以有令狐之役[14]。康犹不悛[15]，入我河曲[16]，伐我涑川[17]，俘我王官[18]，剪我羁马[19]。我是以有河曲之战[20]。东道之不通，则是康公绝我好也。

“及君之嗣也，我君景公引领西望曰：‘庶抚我乎！’君亦不惠称盟，利吾有狄难，入我河县，焚我

注释 — ⑬蝥（máo）贼：指内奸。⑭令狐之役：指文公七年，秦、晋令狐之战。⑮悛（quān）：悔改。⑯河曲：晋地名，在今山西芮城西风陵渡一带。⑰涑（sù）川：水名，在今山西西南部。⑱俘：掳掠。王官：晋地名，在今山西闻喜南。⑲羁马：晋地名，在今山西永济南。⑳河曲之战：文公十二年，秦晋两国在河曲一带发生战争，胜负未分。

箕、郜，芟夷我农功[21]，虔刘我边陲[22]，我是以有辅氏之聚。

“君亦悔祸之延，而欲微福于先君献、穆，使伯车来，命我景公曰：‘吾与女同好弃恶，复修旧德[23]，以追念前勋。’言誓未就，景公即世。我寡君是以有令狐之会。君又不祥，背弃盟誓。白狄及君同州，君之仇

注释—㉑芟（shān）夷：铲除，毁坏。㉒虔刘：杀戮。㉓旧德：以往的恩惠。

雠，而我之昏姻也。君来赐命曰：‘吾与女伐狄。’寡君不敢顾昏姻，畏君之威，而受命于吏。君有二心于狄，曰：‘晋将伐女。’狄应且憎，是用告我。楚人恶君之二三其德也，亦来告我曰：‘秦背令狐之盟，而来求盟于我，昭告昊天上帝、秦三公、楚三王，曰：余虽与晋出入，余唯利是视。不穀恶其无成德[24]，是用宣

注释 — ㉔不穀：诸侯对自己的谦称。成德：盛德。

之，以惩不壹。’

“诸侯备闻此言，斯是用痛心疾首，昵就寡人[25]。寡人帅以听命，唯好是求。君若惠顾诸侯，矜哀寡人，而赐之盟，则寡人之愿也。其承宁诸侯以退，岂敢徼乱？君若不施大惠，寡人不佞，其不能以诸侯退矣。敢尽布之执事[26]，俾执事实图利之！”

注释 一 ㉕昵就：亲近。㉖执事：对对方的敬称。

译文 — 晋厉公派吕相去秦国宣布断交，说："从前我们先君献公与穆公相互友好，合力同心，发过盟誓以明确两国的友好，并且用通婚来巩固两国之间的关系。后来上天降祸于晋国，文公逃亡到齐国，惠公逃亡到秦国。之后献公不幸去世，秦穆公不忘从前的交情，使我们惠公能回晋国即位，主持祭祀。但是秦国又没能完成这一重大功业，却和我们发生了韩原之战。事后穆公也对此感到后悔，便帮助我们文公回国即位。这都是穆公的功劳。

"文公亲自戴盔披甲，跋山涉水，跨越艰难险阻，征伐东方诸侯，虞、夏、商、周的后代都来朝见秦国君王，这也就已经报答了秦国过去的恩德。郑国人侵扰您的边境，我们文公率领诸侯和秦国一起包围郑国。秦国大夫却没有征求我们国君的意见，擅自同郑国订立盟约。诸侯对此无比痛恨，都要和秦国拼命。文公担心秦国受损，对诸侯加以安抚，秦军才得以安然回国，这算是我们对西方的邻国秦国有很大的恩德了。

“文公不幸去世后，穆公不来吊唁，蔑视我们死去的国君，轻视我们襄公，侵扰我们的崤地，断绝同我国的友好关系，攻打我们的小城，灭亡与我们同姓的滑国，离间我兄弟之邦，破坏我国与同盟国的关系，企图颠覆我们的国家。我们襄公没有忘记秦君以往对我们的恩德，但又害怕晋国遭到灭亡，所以才有了崤地的战争。即便如此，还是希望穆公能够饶恕我们的罪过，可穆公不答应，反而亲近楚国，意图算计我们。老天有眼，楚成王丧命，这才使得穆公侵犯我国的阴谋没能得逞。

“穆公和襄公去世后，秦康公、晋灵公即位。康公是我们文公的外甥，却又想来损害我们的公室，颠覆我们的国家，带着我国的内奸来侵犯我们的边疆，我国这才发动令狐之战。康公仍不思悔改，入侵我国的河曲，攻打我国的涑川，劫掠我国的王官，削弱我国的羁马，我国因此发动河曲之战。秦国通往东方的道路不通，正是由于康公同我们断绝了友好关系的缘故。

“等到您即位后，我们的国君景公伸长脖子遥望西边说：‘该快要关照我们了吧！’但您也不肯开恩同我国结盟，趁着我们遇上狄人作乱，侵入我国的临河县邑，焚烧我国的箕地、郜地，毁坏我国的庄稼，在我们的边陲屠杀，我们因此才在辅氏集结军队。

“您也为灾祸蔓延而感到后悔，因此想向先君献公和穆公求福，派遣伯车来吩咐我们景公说：‘我们和你们相互友好，抛弃怨恨，恢复过去的恩惠，以追念前人的功勋。’盟誓尚未完成，景公就去世了。我们国君因此才举行了令狐的会盟。您又不安好心，背弃了盟誓。白狄和您同处雍州，是您的仇敌，却是我们的姻亲。您派人来命令我们说：‘我们和你们一起攻打狄人。’我们的国君不敢顾念姻亲之好，畏惧您的威严，就听从了使者的命令。可您却对狄人的事有二心，对狄人说：‘晋国将要攻打你们。’狄人表面应声答应，心里却憎恶你们的行为，因此将此事告诉我们。楚国人憎恶您的反复无常，也来告诉我们说：‘秦国背弃了令狐的盟约，却来要求同我们结盟。他们对着皇天上帝、秦国的三位先公和楚国的三位先王宣誓说：我们虽然和晋国有来往，但只是为了利益而已。我楚王讨厌他们没有盛德，所以把这些事公之于众，以便惩戒那些言行不一的人。’

“诸侯们全都听到了这些话，因此痛心疾首，都来和我们国君亲近。我们国君率领诸侯前来听从您的命令，目的只是请求交好。您若是照顾诸侯，怜悯我国国君，和我们缔结盟约，便是我们国君的愿望。我们国君将安抚诸侯退走，哪里还敢自求动乱？如果您不肯施大恩于我们，那么我们的国君不才，恐怕就不能率领诸侯退走了。谨把全部意思报告于您，请您权衡利害得失！”

23

楚归晋知罃

《左传》

公元前597年，楚国和晋国在邲地进行了一场战争。晋国战败，晋国大夫知罃成为楚国俘虏，但晋国也擒获了楚庄王的儿子穀臣，射死了楚国大臣襄老。公元前588年，晋国提出要用襄老的尸首和穀臣换回知罃，楚人答应了。临行之前，楚共王和知罃进行了一次谈话，楚共王让知罃就『怨我乎』『德我乎』『何以报我』三个问题表示态度。身为阶下囚的知罃处处撇开个人利益，从国家大事上说开去，大义凛然，赢得了楚共王的尊重。

晋人归楚公子縠臣与连尹襄老之尸于楚[1]，以求知罃[2]。于是，荀首佐中军矣，故楚人许之。

王送知罃，曰："子其怨我乎？"对曰："二国治戎[3]，臣不才，不胜其任，以为俘馘[4]。执事不以衅鼓[5]，使归即戮，君之惠也。臣实不才，又谁敢怨？"王曰："然则德我乎？"对曰："二国图其社稷，而求纾其民[6]，各惩其忿以相宥也[7]，两释累囚[8]，以成其好。二国有好，臣不与及，其谁敢德？"王曰："子归，何

注释一 ①縠臣：楚庄王的儿子。连尹：楚官名。襄老：楚国大臣。楚、晋之战的时候，晋国俘获縠臣，射死了襄老；楚国俘获了知罃。②求：索取，换取。知罃（yīng）：晋大夫，荀首之子。③治戎：交战。④俘馘（guó）：俘虏。⑤衅鼓：旧时杀人或杀牲以血涂鼓行祭。⑥纾：缓和，解除。⑦宥（yòu）：宽赦。⑧累囚：被囚禁的人。

以报我？”对曰：“臣不任受怨，君亦不任受德，无怨无德，不知所报。”王曰：“虽然，必告不穀。”对曰：“以君之灵，累臣得归骨于晋[9]，寡君之以为戮，死且不朽。若从君惠而免之，以赐君之外臣首[10]，首其请于寡君，而以戮于宗，亦死且不朽。若不获命，而使嗣宗职，次及于事，而帅偏师以修封疆，虽遇执事，其弗敢违。其竭力致死，无有二心，以尽臣礼，所以报也。”王曰：“晋未可与争。”重为之礼而归之。

注释 一 ⑨累臣：被俘之臣。⑩外臣：臣子在别国国君面前的自称。

译文 —晋国人将楚国公子縠臣和连尹襄老的尸体还给楚国，想以此换回知罃。当时，荀首已经位居中军副帅，楚国人因此答应了晋人的要求。

楚共王为知罃送行，说："你可能会恨我吧？"知罃回答说："两国交战，我没有才能，不能胜任自己的职责，所以成了俘虏。您没有把我杀掉祭鼓，而是让我回晋国接受诛戮，这是您对我的恩惠。我确实没用，又敢怨恨谁呢？"楚共王说："那么你感激我吗？"知罃回答说："两国为了自己的社稷安危打算，希望为自己的子民解除苦难，各自克制愤怒来求得相互谅解，双方释放各自囚禁的俘虏来成全两国的友好。两国有了友好关系，并不与我相关，我又敢感激谁呢？"楚共王说："你回去以后，怎样来报答我呢？"知罃回答说："我承担不起怨恨，您也承担不起感激，无怨恨也无感激，不知道有什么可报答的。"楚共王说："尽管如此，你还是得把你的想法告诉我。"知罃回答说："托您的福佑，我这被俘之臣能把这把骨头带回晋国，我的君王如果加以诛戮，我死而不朽。如果我的君王因为您的恩惠而赦免我，把我交给您的外臣荀首，荀首请命于我的国君，按照家法在宗庙里处死我，我也死而不朽。如果得不到我们国君杀我的命令，而让我继承祖宗的世职，等到我承担军职，并率领非主力的军队去防御边境，即便遇上的是您的军队，我也不敢违命回避。只能竭尽全力死战到底，不会有任何其他念头，以此来尽到做臣下的职责，这就是我能够报答您的。”楚共王说：“晋国是不能同它相争的。”于是，楚王为知蓥举行了隆重的送别仪式，放他回了晋国。

《战国策》

冯谖客孟尝君

24

孟尝君门下食客三千，大多都有一技之长，经常在他身处困境的时候伸手相助，冯谖正是其中之一。冯谖刚入孟尝君门下时，孟尝君和众门客并不看好他。不过，他凭着过人的才智，帮孟尝君设计经营『三窟』，为处在统治集团旋涡之中的孟尝君解除了后顾之忧。

齐人有冯谖者[1]，贫乏不能自存，使人属孟尝君[2]，愿寄食门下。孟尝君曰："客何好？"曰："客无好也。"曰："客何能？"曰："客无能也。"孟尝君笑而受之，曰："诺。"

左右以君贱之也，食以草具。居有顷，倚柱弹其剑，歌曰："长铗[3]，归来乎！食无鱼。"左右以告。孟尝君曰："食之，比门下之客。"居有顷，复弹其铗，歌曰："长铗，归来乎！出无车。"左右皆笑之，以告。孟

注释 一 ①冯谖：孟尝君的门客。②属：同"嘱"，嘱托。孟尝君：妫姓，田氏，名文，曾任齐国相国。他广聚人才，礼贤下士，为"战国四君子"之一。③铗（jiá）：剑柄。

尝君曰："为之驾，比门下之车客。"于是乘其车，揭其剑，过其友，曰："孟尝君客我。"后有顷，复弹其剑铗，歌曰："长铗，归来乎！无以为家。"左右皆恶之，以为贪而不知足。孟尝君问："冯公有亲乎？"对曰："有老母。"孟尝君使人给其食用，无使乏。于是冯谖不复歌。

后孟尝君出记，问门下诸客："谁习计会，能为文收责于薛者乎[4]？"冯谖署曰："能。"孟尝君怪之，

注释 — ④责：同"债"，债务。

曰："此谁也？"左右曰："乃歌夫'长铗归来'者也。"孟尝君笑曰："客果有能也，吾负之，未尝见也。"请而见之，谢曰："文倦于事，愦于忧[5]，而性懧愚，沉于国家之事，开罪于先生。先生不羞，乃有意欲为收责于薛乎？"冯谖曰："愿之。"于是约车治装，载券契而行，辞曰："责毕收，以何市而反？"孟尝君曰："视吾家所寡有者。"

驱而之薛，使吏召诸民当偿者，悉来合券。券遍

注释 — ⑤愦（kuì）：昏乱。

合，起矫命以责赐诸民[6]，因烧其券，民称万岁。

长驱到齐，晨而求见。孟尝君怪其疾也，衣冠而见之，曰："责毕收乎？来何疾也？"曰："收毕矣。""以何市而反？"冯谖曰："君云'视吾家所寡有者'，臣窃计，君宫中积珍宝，狗马实外厩，美人充下陈；君家所寡有者，以义耳！窃以为君市义。"孟尝君曰："市义奈何？"曰："今君有区区之薛，不拊爱子其民[7]，因而贾利之[8]。臣窃矫君命，以责赐诸民，因烧其券，

注释 — ⑥矫命：假传命令。⑦拊：通"抚"。⑧贾：求取，获取。

民称万岁。乃臣所以为君市义也。”孟尝君不说，曰：“诺，先生休矣！”

后期年，齐王谓孟尝君曰：“寡人不敢以先王之臣为臣！”孟尝君就国于薛，未至百里，民扶老携幼，迎君道中，终日。孟尝君顾谓冯谖：“先生所为文市义者，乃今日见之！”

冯谖曰：“狡兔有三窟，仅得免其死耳。今君有一窟，未得高枕而卧也。请为君复凿二窟。”

孟尝君予车五十乘，金五百斤，西游于梁，谓惠王曰："齐放其大臣孟尝君于诸侯，诸侯先迎之者，富而兵强。"于是梁王虚上位，以故相为上将军，遣使者，黄金千斤、车百乘，往聘孟尝君。冯谖先驱，诫孟尝君曰："千金，重币也；百乘，显使也。齐其闻之矣。"梁使三反，孟尝君固辞不往也。

齐王闻之，君臣恐惧，遣太傅赍黄金千斤⑨，文车二驷⑩，服剑一，封书谢孟尝君曰："寡人不祥，被于

注释 一 ⑨赍（jī）：持物赠人。⑩驷：套着四匹马的车。

宗庙之祟[11]，沉于谄谀之臣[12]，开罪于君。寡人不足为也，愿君顾先王之宗庙，姑反国统万人乎？”冯谖诫孟尝君曰：“愿请先王之祭器，立宗庙于薛。”庙成，还报孟尝君曰：“三窟已就，君姑高枕为乐矣。”

孟尝君为相数十年，无纤介之祸者，冯谖之计也。

注释 — ⑪祟：灾祸。⑫谄谀：阿谀奉承。

译文 一 齐国有个叫冯谖的人，穷得没法养活自己了，便托人告诉孟尝君，希望能投奔到他门下。孟尝君问："此人有什么爱好？"回答道："他没有什么爱好。"孟尝君又问："他有什么能耐？"回答道："他没有什么能耐。"孟尝君笑着同意了，说："行吧。"

孟尝君的随从们以为孟尝君看不起冯谖，给他吃粗劣食物。住了一段时间后，冯谖靠着柱子，弹着他的剑，唱道："长长的剑柄啊，咱们回去吧！这里吃饭没有鱼。"随从们把这事告诉了孟尝君。孟尝君说："给他鱼吃，按门客的规格款待他。"又住了一段时间，冯谖再次弹起了他的剑柄，唱道："长长的剑柄啊，咱们回去吧！这里出门没有车。"随从们都耻笑他，又把这事告诉了孟尝君。孟尝君说："给他配备车马，按有车的门客那样对待他。"于是，冯谖乘着他的车，举着他的剑，去拜访他的朋友，说："孟尝君对我以客礼相待。”后来过了一段时间，冯谖又弹起了他的剑柄，唱道：“长长的剑柄啊，咱们回去吧！没有什么可以养家糊口啊。”随从们都厌恶他了，觉得他贪得无厌。孟尝君问道：“冯先生有亲人吗？”随从们回答说：“有个老母亲。”孟尝君派人供给她吃用，不使她有所短缺。从这以后冯谖不再唱歌了。

后来，孟尝君拿出一份文告，问家里的诸位门客：“谁擅长算账收钱，能替我到薛地去要债呢？”冯谖签上名，写道：“我能。”孟尝君感到很惊奇，问：“这是谁呀？”随从们回答道：“就是唱‘长长的剑柄啊，咱们回去吧’的那个人。”孟尝君笑道：“这位门客果然有些能耐，是我怠慢了他，还没和他见过面呢。”便把冯谖请来见面，道歉说：“我被琐事缠扰得疲惫不堪，忧虑挂心，导致头昏脑涨，再加上个性懦弱，生来笨拙，埋首国事而无法脱身，得罪了先生。先生不因受到怠慢而感到被羞辱，竟然有意为我到薛地去要债吗？”冯谖回答：“愿意。”于是冯谖备好车马，收拾好行装，装上债券契据打算出发，辞行时问孟尝君：“要回债后，买些什么东西回来？”孟尝君说：“您看我家里缺什么就买什么吧。”

冯谖驾车来到薛地，派官吏把应该还债的众位百姓叫来，悉数核对债券。等债券全部核对完毕，冯谖假传孟尝君的命令，把债款赏赐给了百姓们，于是把这些债券烧掉了，百姓欢呼万岁。

冯谖长途驱驰赶回齐地，一大早就求见孟尝君。孟尝君奇怪他这么快就回来，穿戴整齐后就去见他，问道：“债都收回来了？怎么这么快就回来了？”冯谖回答道：“收完了。”“买了些什么回来？”冯谖回答道：“您说‘看我家里缺什么就买什么’，我私下里盘算，您府里珍宝成堆，府外马厩狗马满圈，堂下美人都站满了；您府里所缺少的东西，只是仁义啊！我自作主张为您买回了仁义。”孟尝君问：“买义？这是怎么一回事？”冯谖说：“现在您拥有这个小小的薛地，不把那里的百姓当作自己的子女一样爱护，还在他们身上做生意牟利。我自作主张假传您的命令，把债款赏给了百姓，进而把债券都烧了，百姓们都喊万岁。这就是我为您买义的方法。”孟尝君不高兴了，说：“好吧，先生还是算了吧！”

一年后，齐王对孟尝君说：“我不敢把先王用过的大臣任作大臣。”孟尝君前往他的封邑薛地，走到离薛地还有一百里的地方时，百姓们扶老携幼，在大道上迎接孟尝君，整整有一天的时间。孟尝君回头对冯谖说：“先生为我买回的仁义，今天终于得以看见！”

冯谖说：“狡猾的兔子有三个洞穴，只能让自己免去一死。现在您有一个

‘洞穴’，还不足以高枕无忧。请让我为您继续修建两个‘洞穴’吧。”

孟尝君给了他五十辆车、五百斤黄金，他西去梁国游说，对梁惠王说：“齐王把他的大臣孟尝君放逐到诸侯国去了，诸侯之中，谁先迎接他，谁就能国富兵强。”于是梁王把相国的位子留出来，让本来的相国做了上将军，派遣使者带着千斤黄金、百辆车子去聘请孟尝君。冯谖赶在前面驱车回来，告诫孟尝君说：“黄金一千斤，是很贵重的礼物；车一百辆，是很高的出使等级。齐王大概已经听说这个消息了。”梁国的使者往返了三次，孟尝君坚决推辞，不肯前往赴任。

齐王闻此消息，君臣上下都感到恐慌，派太傅送来了黄金千斤、四匹马拉的彩车两辆、佩剑一把，写了一封信向孟尝君道歉说：“我很不幸，遭受祖宗降下的灾祸，被阿谀奉承的臣子所迷惑，得罪了您。我是不值一提的，希望您顾念先王宗庙，暂且回到国都来管理广大百姓吧！”冯谖告诫孟尝君说：“希望您向齐王请求先王的祭器，在薛地修建宗庙。”宗庙建成后，冯谖回来向孟尝君报告说：“三个‘洞穴’都已修建完毕，您暂且可以高枕无忧，过快乐的日子了。”

孟尝君在齐国做了几十年的相国，之所以没遭受过一点儿灾祸，是因为冯谖的计谋啊。

诸葛亮

25 前出师表

诸葛亮辅佐刘备建立蜀国，担任丞相，刘备死后，诸葛亮曾多次主持北伐，以图恢复汉室河山。公元227年，诸葛亮率军进驻汉中。临行前，他向后主刘禅上了一份奏章，就是这篇《前出师表》。诸葛亮在文中告诫刘禅要广开言路，近贤臣远小人，以『收复汉室，还于旧都』，表达了自己忠于汉室、心怀天下的情操。

臣亮言：先帝创业未半而中道崩殂[①]，今天下三分，益州疲敝，此诚危急存亡之秋也。然侍卫之臣不懈于内，忠志之士忘身于外者，盖追先帝之殊遇[②]，欲报之于陛下也。诚宜开张圣听，以光先帝遗德，恢弘志士之气，不宜妄自菲薄，引喻失义，以塞忠谏之路也。宫中府中，俱为一体，陟罚臧否[③]，不宜异同。若有作奸犯科及为忠善者，宜付有司[④]，论其刑赏，以昭陛下平明之治，不宜偏私，使内外异法也。

侍中、侍郎郭攸之、费祎、董允等，此皆良实，志虑忠纯，是以先帝简拔以遗陛下。愚以为宫中之事，事

注释 一 ①先帝：指刘备。殂（cú）：死亡。②殊遇：优待。③陟（zhì）：晋升，奖赏。臧（zāng）：认为好，称许。否（pǐ）：恶，引申为“批评”。④有司：有关部门。

无大小，悉以咨之，然后施行，必能裨补阙漏⑤，有所广益。将军向宠，性行淑均，晓畅军事，试用于昔日，先帝称之曰能，是以众议举宠为督。愚以为营中之事，事无大小，悉以咨之，必能使行阵和睦，优劣得所。亲贤臣，远小人，此先汉所以兴隆也；亲小人，远贤臣，此后汉所以倾颓也。先帝在时，每与臣论此事，未尝不叹息痛恨于桓、灵也。侍中、尚书、长史、参军，此悉贞亮死节之臣，愿陛下亲之信之，则汉室之隆，可计日而待也。

臣本布衣，躬耕于南阳，苟全性命于乱世，不求闻

注释 — ⑤裨（bì）：增加，补益。

达于诸侯。先帝不以臣卑鄙，猥自枉屈，三顾臣于草庐之中，咨臣以当世之事。由是感激，遂许先帝以驱驰。后值倾覆，受任于败军之际，奉命于危难之间，尔来二十有一年矣。先帝知臣谨慎，故临崩寄臣以大事也。受命以来，夙夜忧叹，恐托付不效，以伤先帝之明，故五月渡泸，深入不毛。今南方已定，兵甲已足，当奖率三军，北定中原，庶竭驽钝[⑥]，攘除奸凶，兴复汉室，还于旧都[⑦]。此臣之所以报先帝而忠陛下之职分也。至于斟酌损益，进尽忠言，则攸之、祎、允之任也。

愿陛下托臣以讨贼兴复之效，不效，则治臣之罪，

注释 — ⑥庶：但愿。驽（nú）钝：才能低下。⑦旧都：指两汉国都长安和洛阳。

以告先帝之灵。若无兴德之言，则责攸之、祎、允等之慢，以彰其咎。陛下亦宜自谋，以咨诹善道[8]，察纳雅言，深追先帝遗诏。臣不胜受恩感激。

今当远离，临表涕零，不知所言。

注释 — ⑧咨诹（zōu）：征询，询问。

译文 — 臣诸葛亮上表进言：先帝创建大业未到一半而中途去世，现在天下三分，益州地区最为困苦匮乏，这实在是国家危急存亡的时刻啊。然而，朝中侍卫大臣们不敢有丝毫懈怠，战场上忠诚有志的将士舍生忘死，是因为他们追怀先帝的知遇之恩，想要回报给陛下您。陛下真的应该广开言路，以光大先帝的遗德，使忠臣志士的精神得以振奋，而不应该随便看轻自己，称引比喻言语失当，从而堵塞了忠臣进谏的道路啊。宫廷和丞相府中，都是一个整体，晋升、惩处、褒扬、批评，不应有所不同。如果有做奸邪之事、触犯法令的人，以及那些尽忠行善的人，应当交付有关部门评判他们应得的惩罚和奖赏，来表明陛下公正严明的治理方针，不应该有所偏袒，使得内廷外府法度不一。

侍中、侍郎郭攸之、费祎、董允等，这些都是贤良诚实之人，志向和思想忠诚纯正，因此先帝把他们选拔出来辅佐陛下。我认为宫廷里的事务，事情不论大小，都应当向他们咨询，然后再施行，一定能增益短缺，弥补遗漏，收获广泛的益处。将军向宠性格和善，办事公正，精通军事，从前试用他的时候，先帝称赞他有才能，因此大家商议举荐他做中部督。我认为军中的事务，事情不论大小，都应该向他咨询，一定能使军中将士们和睦相处，使才能不同的人各得其所。亲近贤臣，疏远小人，这是先汉之所以兴盛的原因；亲近小人，疏远贤臣，这是后汉之所以颓败的原因。先帝在世时，每当和我谈论到此事，没有一次不为桓、灵二帝的所为叹息，感到沉痛并引为恨事。侍中、尚书、长史、参军，这些人都是坚贞诚信、能以死殉节的臣子，希望陛下亲近他们，信任他们，那样的话，汉家的兴盛便指日可待了。

我本来是个平民百姓，在南阳亲自耕田种地，在乱世中苟且保全性命，不奢望在诸侯中显身扬名。先帝不以为我地位低微、学识浅陋，自降身份，三次到草庐中来探望我，向我咨询当今时局。我因此深为感动，于是答应为他奔走效劳。后来遭逢战败，我在败军之际接受任务，于危难之中奉行命令，到现在已有二十一年了。先帝知道我做事谨慎小心，所以临终之时把国家大事托付给我。我接受了先帝的遗命以来，早晚忧虑叹息，害怕无法完成先帝的托付，而有损先帝的英明，所以我在五月渡过泸水，深入到草木不生的荒凉地带。目前南方已经平定下来，武器军备已经充足，应当鼓励并率领三军，向北方进军，以平定中原，我愿竭尽自己愚钝的才能，铲除邪恶势力，兴复汉室，返还到故都去。这就是我用来报答先帝、效忠陛下所应尽的职责本分啊。至于权衡利弊得失，毫无保留地进献忠言，那就是郭攸之、费祎、董允他们的职责了。

希望陛下把讨伐奸贼、兴复汉室的使命委托给我，如果我完不成任务，那就治我的罪，以此上告先帝的英灵。如果没有要您发扬盛德的进言，那就责备郭攸之、费祎、董允等人的怠慢，揭露他们的过错。陛下也应当自行谋划，征询正确的意见，考察、采纳合理的言论，深切地追念先帝的遗训。我受恩感激不尽。

现在就要离开陛下远行了，面对奏表眼泪落下，不知道自己说了些什么。

诸葛亮

后出师表

26

公元228年，曹魏与东吴在石亭交战，曹魏大败。诸葛亮趁机向后主刘禅上表，请求北伐。因为此前诸葛亮已经上过一次表，所以这次上呈刘禅的表，后人称为《后出师表》。此文分析了蜀汉和魏国的敌我态势，提出了北伐的六大理由，表达了自己鞠躬尽瘁、誓死忠心汉室的忠贞气节。

先帝虑汉、贼不两立，王业不偏安，故托臣以讨贼也。以先帝之明，量臣之才，固知臣伐贼，才弱敌强也。然不伐贼，王业亦亡，惟坐而待亡，孰与伐之？是故托臣而弗疑也。臣受命之日，寝不安席，食不甘味，思惟北征，宜先入南。故五月渡泸，深入不毛，并日而食。臣非不自惜也，顾王业不可得偏安于蜀都，故冒危难，以奉先帝之遗意也，而议者谓为非计。今贼适疲于西，又务于东，兵法乘劳，此进趋之时也[1]。谨陈其事如左：

高帝明并日月，谋臣渊深，然涉险被创，危然后

注释 — ①进趋：进攻，攻取。

安。今陛下未及高帝，谋臣不如良、平[2]，而欲以长计取胜，坐定天下，此臣之未解一也。

刘繇、王朗[3]，各据州郡，论安言计，动引圣人，群疑满腹，众难塞胸；今岁不战，明年不征，使孙策坐大，遂并江东，此臣之未解二也。

曹操智计，殊绝于人[4]，其用兵也，仿佛孙、吴。然困于南阳，险于乌巢[5]，危于祁连，逼于黎阳[6]，几败北山，殆死潼关[7]，然后伪定一时耳。况臣才弱，而欲以不危而定之，此臣之未解三也。

曹操五攻昌霸不下[8]，四越巢湖不成[9]。任用李

注释 — ②良、平：张良、陈平。③刘繇（yóu）：东汉末任扬州刺史。王朗：东汉末任会稽郡太守。④殊绝：超出很多。⑤乌巢：地名，今河南延津东南。⑥黎阳：地名，在今河南浚县东。⑦殆死潼关：曹操在潼关与马超交战，大败，被马超追赶，几乎丧命。⑧昌霸：东汉末年东海太守，曾归降于曹操，又屡次叛乱。⑨四越巢湖不成：曹操曾多次越过巢湖进攻孙权失败。

服而李服图之，委任夏侯而夏侯败亡[10]。先帝每称操为能，犹有此失，况臣驽下，何能必胜？此臣之未解四也。

自臣到汉中，中间期年耳，然丧赵云、阳群、马玉、阎芝、丁立、白寿、刘郃、邓铜等，及曲长、屯将七十余人[11]，突将、无前、賨叟、青羌、散骑、武骑一千余人[12]。此皆数十年之内所纠合四方之精锐，非一州之所有；若复数年，则损三分之二也，当何以图敌？此臣之未解五也。

今民穷兵疲，而事不可息；事不可息，则住与行，

注释 — ⑩夏侯：这里指夏侯渊。他奉曹操之命留守汉中时被黄忠所杀。⑪曲、屯：古代军队的编制单位。⑫突将、无前：冲锋的将卒。賨（cóng）叟、青羌：西南地区的少数民族。散骑、武骑：都是骑兵种类。

劳费正等。而不及今图之，欲以一州之地，与贼持久，此臣之未解六也。

夫难平者[13]，事也。昔先帝败军于楚[14]，当此时，曹操拊手，谓天下以定[15]。然后先帝东连吴、越[16]，西取巴、蜀，举兵北征，夏侯授首；此操之失计，而汉事将成也。然后吴更违盟，关羽毁败，秭归蹉跌[17]，曹丕称帝；凡事如是，难可逆料。臣鞠躬尽瘁，死而后已，至于成败利钝，非臣之明所能逆睹也。

注释 — ⑬平：同“评”，评断。⑭败军于楚：建安十三年，刘备兵败古楚地当阳长坂。⑮以：通“已”。⑯东连吴、越：建安十六年，孙刘联盟共击曹操。⑰秭（zǐ）归：地名，在今湖北。章武二年（222），刘备在秭归被吴军击败。蹉跌：失足跌倒，引申为受挫、失势。

译文 — 先帝考虑到汉室和篡汉的奸贼不能并存于世，帝王的事业不能苟安于一方，所以托付我讨伐奸贼。以先帝的英明，估量我的才干，原本就知道我率兵讨贼，是我的才能薄弱而敌人力量强大。但如果不去讨伐，帝王的事业也会毁灭，与其坐等灭亡，何不主动讨伐他们呢？正因此，他才毫不犹豫把此事托付给我。我自从受命那天起，眠不安寝，食不知味，考虑着在北伐之前，应该先征讨南方。所以我五月率兵渡过泸水，深入草木不生的荒凉地带，两天只吃一顿饭。我并非不爱惜自己的身体，而是想到帝王的事业不能偏安于蜀地，所以冒着艰难险阻来完成先帝的遗愿。可是议论朝政的人却说这并非上计。如今曹贼正在西方疲于奔命，又忙着应付东方的战事，兵法说打击敌人就要趁他疲劳的时候出击，而现在正是前去打击的好时机。谨将讨贼之事陈述如下：

汉高祖的英明可与日月相比，他的谋臣智略深远，高祖仍旧经历艰险，身受创伤，渡过危难之后才得以安定。如今陛下比不上高祖，身边的谋臣也没法和张良、陈平相比，而想依靠长久与敌对峙的策略取得胜利，坐着不动就平定天下，这是我不能理解的第一点。

刘繇、王朗各自占领州郡，谈论安危之道，议论计策谋略，动不动就引用圣人的话，大家肚子里满是疑问，众多的难题郁积在胸中；今年不作战，明年不出征，导致孙策逐渐强大起来，最终吞并了江东，这是我不能理解的第二点。

曹操的智谋心计远远超越常人，他用兵堪比孙膑、吴起。即便如此，他也曾在南阳受困，在乌巢遇险，在祁连遭受危难，在黎阳受到逼迫，几乎战败于北山，差点儿在潼关丧命，然后才取得了暂时的表面安定。何况我才疏学浅，而想要不经危险就能安定天下，这是我不能理解的第三点。

曹操曾五次讨伐昌霸而不能取胜，四次越过巢湖攻打孙吴而未能成功。他任用李服，李服却图谋害他；委任夏侯渊，夏侯渊却战败身亡。先帝经常称赞曹操是个有才能的人，曹操尚且有失误，何况我资质愚笨，才能低下，怎能一定胜利？这是我不能理解的第四点。

从我到汉中，其间已经过了一年，但是死了赵云、阳群、马玉、阎芝、丁立、白寿、刘郃、邓铜等人，曲长、屯将七十余人，突将、无前、賨叟、青羌、散骑、武骑等一千多人。这些都是几十年里从四方召集来的精锐，不是益州一州所能有的；如果再经过几年，就会减损三分之二了，到那时拿什么来对付敌人呢？这是我不能理解的第五点。

如今百姓穷困，士兵疲惫，而战事却无法平息；战事无法平息，那么坐等敌人进攻和主动出击敌人，在辛劳和耗费上是相同的。如果不趁现今之时对付敌人，想凭借一州的地方跟贼人长久对峙，这是我不能理解的第六点。

战事是最难评断的。以前先帝在楚地战败，在当时，曹操拍手称快，说天下已经平定了。可是后来先帝在东面联合孙吴，在西面攻取了巴蜀，举兵北伐，斩了夏侯渊的头；这是曹操失算，而兴复汉室的伟业眼看就要成功了。但是后来孙吴又背叛盟约，关羽战败身死，先帝在秭归受挫，曹丕称帝；所有的事情都像这样，难以预料。我唯有鞠躬尽瘁，死而后已，至于成功还是失败，顺利还是不顺利，这不是我的智慧所能够预见的了。

富贵不能淫，
贫贱不能移，
威武不能屈。

——孟子

守正

27

驹支不屈于晋

《左传》

公元前560年，吴国趁楚共王去世攻打楚国，结果吃了败仗。次年，吴国的盟友晋国联合十三国诸侯，一起商讨对付楚国。在会盟的前一天，晋国大夫范宣子指责姜戎的领袖驹支『言语漏泄』，打算抓捕他，给他定罪。没想到他列出的几项罪行遭到了驹支强有力的反驳，范宣子只好服输而待之以礼。

会于向[1]，将执戎子驹支[2]。

范宣子亲数诸朝，曰："来，姜戎氏！昔秦人迫逐乃祖吾离于瓜州[3]，乃祖吾离被苫盖、蒙荆棘以来归我先君[4]。我先君惠公有不腆之田，与女剖分而食之。今诸侯之事我寡君不如昔者，盖言语漏泄，则职女之由。诘朝之事[5]，尔无与焉！与，将执女！"

对曰："昔秦人负恃其众，贪于土地，逐我诸戎。惠公蠲其大德[6]，谓我诸戎是四岳之裔胄也[7]，毋是剪弃。赐我南鄙之田，狐狸所居，豺狼所嗥。我诸戎除剪其荆棘，驱其狐狸豺狼，以为先君不侵不叛之臣，至于

注释一 ①向：吴地，在今安徽怀远。②戎子驹支：姜戎族的首领，名驹支。③瓜州：地名，在今甘肃敦煌。④被：通"披"。苫（shān）：茅草编制而成的覆盖物，此处特指草衣。⑤诘朝（zhāo）：明天早晨。⑥蠲（juān）：显示。⑦四岳：传说为尧、舜时的四方部落首领。裔胄（zhòu）：后世子孙。

今不贰。昔文公与秦伐郑，秦人窃与郑盟而舍戍焉，于是乎有殽之师。晋御其上，戎亢其下[8]，秦师不复，我诸戎实然。譬如捕鹿，晋人角之，诸戎掎之[9]，与晋踣之[10]。戎何以不免？自是以来，晋之百役，与我诸戎相继于时，以从执政，犹殽志也，岂敢离逷[11]？今官之师旅无乃实有所阙，以携诸侯[12]，而罪我诸戎！我诸戎饮食衣服不与华同，贽币不通[13]，言语不达，何恶之能为？不与于会，亦无瞢焉[14]！”赋《青蝇》而退[15]。

宣子辞焉，使即事于会，成恺悌也[16]。

注释一 ⑧亢：同“抗”。⑨掎（jǐ）：拉住、拖住。⑩踣（bó）：向前倒地。⑪逷（tì）：远离。⑫携：叛离，疏远。⑬贽币：礼物。⑭瞢（méng）：不畅快，不舒服。⑮《青蝇》：《诗经·小雅》中的篇名。这首诗中有“恺悌君子，无信谗言”句，驹支以此讽喻范宣子。⑯恺悌（tì）：和蔼可亲。

译文一诸侯各国在向地集会，晋国打算拘捕姜戎族的首领驹支。

范宣子亲自在朝会上责备他，说：“过来，姜戎氏！从前秦国人驱赶你的祖先吾离离开瓜州，你的祖先吾离披着茅草做的衣服、戴着荆棘做的帽子来归附我国先君。我国先君惠公拥有的田地并不丰厚，但还是和你们平分耕种。如今诸侯各国对我们国君的侍奉大不如前，是因为什么言语被泄漏了出去，责任在你。明天早晨的诸侯会议，你不要参加了！如果参加，就把你抓起来。”

驹支回答说：“从前秦国人仗着他们人多，贪求土地，驱逐我们这些戎人。惠公显示出他崇高的德行，说我们这些戎人都是四岳的后代，不应该被灭绝抛弃。惠公赐给我们南部边境地区的土地，那是狐狸居住、豺狼嚎叫的地方。我们这些戎人披荆斩棘，赶走了狐狸、豺狼，做不侵犯先君、不背叛先君的臣子，直到现在也没有二心。从前文公和秦国联合攻打郑国，秦国人私底下和郑国结盟，留下军队驻守在那里，因此发生了崤之战。晋国在前面抵御，戎人在后面对抗，秦军全军覆没，实在得益于我们戎人的出力。这就像捕鹿，晋人抓住角，戎人拖住腿，和晋人合力将它掀翻在地。戎人为什么还不能免罪呢？从那以后，晋国的多次战役，我们戎人不断及时参战，听从你们执政的命令，还是像崤之战时的心志一样，怎敢有所违背、疏远？现在晋国的官员恐怕确实有些地方做得不够，才使诸侯有了二心，却怪罪我们戎人！我们戎人饮食衣服与华夏不同，没有外交往来，言语不相通，能做什么坏事呢？不参加盟会，我也不会感到不畅快。”说完便诵读《青蝇》诗，然后告退。

范宣子向他道歉，允许他参加盟会，也成全了自己和蔼可亲的美名。

《左传》

28 祁奚请免叔向

公元前552年，晋国的范宣子因听信谗言，将自己的外孙栾盈放逐到远方，还杀死了与栾盈关系密切的羊舌虎。羊舌虎的哥哥叔向受牵连被抓。晋国已告老还乡的大夫祁奚知道叔向是个人才，就出面请求范宣子赦免他。后来叔向果然被释。

栾盈出奔楚[1]。宣子杀羊舌虎[2]，囚叔向。人谓叔向曰："子离于罪，其为不知乎？"叔向曰："与其死亡，若何？《诗》曰：'优哉游哉，聊以卒岁。'知也。"

乐王鲋见叔向[3]，曰："吾为子请。"叔向弗应。出，不拜。其人皆咎叔向。叔向曰："必祁大夫[4]。"室老闻之曰："乐王鲋言于君，无不行，求赦吾子，吾子不许。祁大夫所不能也，而曰必由之，何也？"叔向曰："乐王鲋，从君者也，何能行？祁大夫，外举不弃仇，内举不失亲，其独遗我乎？《诗》曰：'有觉德行[5]，四国顺之。'夫子，觉者也。"

注释 一 ①栾盈：晋国大夫。②羊舌虎：晋国大夫。③乐王鲋（fù）：晋国大夫。④祁大夫：即祁奚，晋国大夫。⑤觉：正直。

晋侯问叔向之罪于乐王鲋。对曰："不弃其亲，其有焉[6]。"于是祁奚老矣，闻之，乘驲而见宣子[7]，曰："《诗》曰：'惠我无疆，子孙保之。'《书》曰：'圣有谟勋，明征定保[8]。'夫谋而鲜过，惠训不倦者，叔向有焉，社稷之固也；犹将十世宥之，以劝能者。今壹不免其身[9]，以弃社稷，不亦惑乎？鲧殛而禹兴[10]，伊尹放大甲而相之[11]，卒无怨色。管、蔡为戮，周公右王[12]。若之何其以虎也弃社稷？子为善，谁敢不勉？多杀何为？"宣子说，与之乘，以言诸公而免之。不见叔向而归，叔向亦不告免焉而朝。

注释 — ⑥其：大概，也许。⑦驲（rì）：古代驿站的马车。⑧征：即"证"，验证。保：安定。⑨壹：居然，竟。⑩鲧：禹的父亲，传说因治水不利为舜所杀。殛（jí）：流放。⑪伊尹：商朝初年的大臣，曾辅佐商汤灭夏桀。大甲：即"太甲"，商王，商汤的嫡长孙。⑫右：帮助，后多写作"佑"。

译文 — 栾盈逃亡到楚国。范宣子杀了羊舌虎，囚禁了叔向。有人对叔向说：“您遭受罪罚，未免不够明智吧？”叔向说：“比起那些死的、逃的，又怎么样呢?《诗经》上说：‘自在逍遥，姑且以此度过一生吧。’这才是明智啊。”

乐王鲋去见叔向，说：“我为你去求情。”叔向没有回答。乐王鲋出来的时候，叔向也没有拜谢。旁人都责怪叔向。叔向说：“只有祁大夫才能救我。”家臣头领听到了，说：“乐王鲋在国君面前说话，没有办不成的，他想去请求赦免您，您却不让。祁大夫做不到的事，您却说非他不可，为什么呢？”叔向说：“乐王鲋是顺从国君的人，怎能办得到？祁大夫对外举荐不摒弃仇人，对内举荐不遗漏亲人，他会独独漏下我吗?《诗经》上说：‘有正直的德行，天下便会归顺于他。’祁大夫就是正直的人。”

晋侯向乐王鲋询问叔向的罪过，乐王鲋回答说：“他不背弃他的亲人，可能是参加了叛乱吧。”当时祁奚已告老还乡，听闻此事，坐驿站马车去见范宣子，说：“《诗经》上说：‘先人给我们留下了无穷无尽的恩惠，子孙后代要保住它。'《尚书》上说：'圣贤有谋略有功勋，应当为世明证他，使他安定。'参与谋划大事而少有过错，教育别人不知疲倦，叔向有这样的品德，这些品德是国家巩固的根基；像叔向这样的人，就算是十代子孙有了过错，都该加以宽恕，用来勉励那些有才干的人。现在居然连他也不赦免，从而丢弃了国家的栋梁之材，这不是糊涂吗？鲧被流放而禹兴起；伊尹曾经放逐太甲，后来又做了他的宰相，太甲对他始终没有表示过怨恨。管叔、蔡叔被诛戮，作为他们的兄弟，周公仍然辅佐成王。为什么要因为羊舌虎而放弃一位国家的栋梁呢？您行善积德，谁敢不为国尽力？多杀人有什么必要呢？"宣子很高兴，和他共乘一辆车子，劝说晋侯赦免了叔向。祁奚没去见叔向就回去了，叔向也没有去向祁奚道谢，直接去朝见君王了。

29

唐雎不辱使命

《战国策》

秦国在灭掉韩国、魏国之后，继而想夺取魏国的附庸小国安陵。安陵君见情势不妙，就派唐雎出使秦国。唐雎为了维护安陵主权，面对不可一世的秦王，针锋相对，寸步不让，最终使秦王长跪致歉，不敢肆意妄为。

秦王使人谓安陵君曰[1]：“寡人欲以五百里之地易安陵，安陵君其许寡人[2]！”安陵君曰：“大王加惠，以大易小，甚善。虽然，受地于先王，愿终守之，弗敢易。”秦王不说。安陵君因使唐雎使于秦。

秦王谓唐雎曰：“寡人以五百里之地易安陵，安陵君不听寡人，何也？且秦灭韩亡魏，而君以五十里之地存者，以君为长者，故不错意也[3]。今吾以十倍之地请广于君，而君逆寡人者，轻寡人与？”唐雎对曰：“否，非若是也。安陵君受地于先王而守之，虽千里不敢易也，岂直五百里哉？”

注释 一 ①秦王：这里指秦始皇嬴政。安陵君：安陵国国君。②其：助词，用于加重语气。③错意：通“措意”，放在心上。

秦王怫然怒[4]，谓唐雎曰：“公亦尝闻天子之怒乎？”唐雎对曰：“臣未尝闻也。”秦王曰：“天子之怒，伏尸百万，流血千里。”唐雎曰：“大王尝闻布衣之怒乎？”秦王曰：“布衣之怒，亦免冠徒跣[5]，以头抢地耳[6]。”唐雎曰：“此庸夫之怒也[7]，非士之怒也。夫专诸之刺王僚也[8]，彗星袭月；聂政之刺韩傀也[9]，白虹贯日；要离之刺庆忌也[10]，苍鹰击于殿上。此三子者，皆布衣之士也，怀怒未发，休祲降于天[11]，与臣而将四矣。若士必怒，伏尸二人，流血五步，天下缟素[12]，今日是也。”挺剑而起。

注释 — ④怫（fú）然：愤怒的样子。⑤徒跣（xiǎn）：光着脚。⑥抢（qiāng）：撞。⑦庸夫：平庸无能之辈。⑧专诸：春秋时吴国勇士，曾经为吴国的公子光刺杀了吴王僚。⑨聂政：战国时的刺客，曾经为韩大夫严仲子刺杀了韩相韩傀。⑩要离：春秋时吴国的勇士，曾经为公子光刺杀了吴王僚之子庆忌。⑪休：吉兆。祲（jìn）：不祥之兆。⑫缟素：白衣，指丧服。

秦王色挠[13]，长跪而谢之曰[14]："先生坐，何至于此！寡人谕矣[15]：夫韩、魏灭亡，而安陵以五十里之地存者，徒以有先生也。"

注释 — ⑬挠：屈服。⑭长跪：两膝着地，直身而跪。⑮谕：通"喻"，明白。

译文 — 秦王派人对安陵君说：“我打算用方圆五百里的土地交换安陵，安陵君一定得答应我啊！”安陵君说：“承蒙大王施予恩惠，用大块土地交换我们的小块土地，这再好不过。即便如此，我是从先王那里接受的这块封地，希望终生守护它，不敢交换。”秦王不悦。安陵君于是派唐雎出使秦国。

秦王对唐雎说：“我用方圆五百里的土地交换安陵，安陵君不答应我，这是为什么？更何况秦国灭亡了韩国和魏国，而安陵君之所以能凭借方圆五十里的土地安然无恙，是因为我把他当作忠厚的长者，所以没有放在心上。现在我用十倍的土地让安陵君扩大自己的领土，可他却违背我，这是在蔑视我吗？”唐雎回答说：“不，不是这样的。安陵君是从先王那里接受的封地并守护着它，即使是方圆千里的土地他也不敢拿去交换，何况只是五百里的土地呢？”

秦王大怒，对唐雎说：“您听说过天子发怒吗？”唐雎回答说：“我未曾听说过。”秦王说：“天子发怒，将使百万尸首倒下，血流千里。”唐雎说：

“大王曾听说过平民发怒吗？”秦王说：“平民发怒，不过是摘掉帽子，赤着脚，用头撞地罢了。”唐雎说：“这是平庸之辈发怒，不是士人发怒。从前专诸刺杀吴王僚的时候，彗星的尾巴扫过月亮；聂政刺杀韩傀的时候，白虹穿过太阳；要离刺杀庆忌的时候，苍鹰扑到宫殿上。这三个人，都是平民，心里怀着的怒气没等爆发出来，上天就降下了吉凶的征兆，现在算上我一起，将要成为四个人了。如果有胆识的士人真的发怒，横在地上的尸首不过是两个人，血流也只不过五步远，但是天下百姓就要穿白服丧了，今天的情形正是如此。”于是拔出宝剑站了起来。

秦王面露胆怯，挺直上身跪着向唐雎道歉说：“先生请坐，哪里到了这种地步呢！我明白了：韩国、魏国灭亡，然而安陵凭借五十里的土地还能够生存下来，只是因为有先生啊。”

30

五柳先生传

陶渊明

这是一篇自传性质的散文。作者以史传的笔法，通过对居住环境和生活细节的描写，勾画出一个不慕荣华、不贪功利、怡然自得、安贫乐道的『五柳先生』。语言流畅自然，不加修饰，笔法清新，有陶诗自然优美的特质。

先生不知何许人也，亦不详其姓字[1]。宅边有五柳树，因以为号焉。闲静少言，不慕荣利。好读书，不求甚解，每有会意，便欣然忘食。性嗜酒，家贫，不能常得。亲旧知其如此[2]，或置酒而招之。造饮辄尽，期在必醉；既醉而退，曾不吝情去留。环堵萧然，不蔽风日；短褐穿结[3]，箪瓢屡空[4]；晏如也[5]。尝著文章自娱[6]，颇示己志。忘怀得失，以此自终。

赞曰：黔娄之妻有言[7]：“不戚戚于贫贱，不汲汲于富贵[8]。”其言兹若人之俦乎[9]？衔觞赋诗，以乐其志，无怀氏之民欤？葛天氏之民欤[10]？

注释 — ①不详：不清楚。②亲旧：亲戚旧友。③短褐：粗布短衣。结：打结。④箪：古代盛饭的圆形竹器。⑤晏如：安然自得。⑥尝：通“常”。此处有的版本直接写作“常”。⑦黔娄：春秋时鲁国（一说齐国）高士，他不求仕进，屡次拒绝诸侯邀请。⑧汲汲：心情急切的样子。⑨俦（chóu）：类。⑩无怀氏、葛天氏：传说中古代的氏族首领。

译文 — 先生不知道是什么地方的人，也不清楚他的姓名和表字。他的住宅旁边有五棵柳树，就用它做了自己的号。他性格恬淡安静，沉默少言，不追求荣华富贵。喜欢读书，只求理解其中要义，并不在一字一句上深究，每当对书中意旨有所领会，就高兴得忘了吃饭。他生性嗜酒，家里穷，不能经常买酒喝。亲戚旧友知道他这种情况，有时摆了酒叫他来喝。他一来就要喝得尽兴，只求一醉方休；等喝醉后就告辞回家，从不拘泥于去留。他的居室只有空空荡荡的四面墙壁，不能遮蔽风雨和阳光；粗布短衣上满是破洞和补丁，锅瓢碗盏经常空空如也；可他依旧过得安然自得。他经常写文章来自娱自乐，往往能表露出自己的志趣。他忘却了世俗得失，以这样的原则过完自己的一生。

赞语说：黔娄的妻子曾经说过："不因为贫贱而忧心忡忡，不为求富贵而奔波劳碌。"说的就是五柳先生这类人吧？一边喝酒一边赋诗，因为坚守自己的志趣而自得其乐，他是无怀氏时期的人呢，还是葛天氏时期的人呢？

31

陋室铭

刘禹锡

本文通篇不足一百字，却紧扣『陋室不陋』这一主旨。具体描写了陋室恬静、雅致的环境以表述自己两袖清风的情怀。表现了作者不与世俗同流合污、洁身自好、不慕名利的生活态度。

山不在高，有仙则名；水不在深，有龙则灵。斯是陋室，惟吾德馨。苔痕上阶绿，草色入帘青。谈笑有鸿儒，往来无白丁[①]。可以调素琴，阅金经[②]。无丝竹之乱耳，无案牍之劳形[③]。南阳诸葛庐，西蜀子云亭[④]。孔子云：“何陋之有？”

注释 — ①白丁：没有学识的人。②金经：泥金书写的经文，一说指《金刚经》，泛指佛经。③案牍：指官府的文书。④子云：西汉辞赋家扬雄，字子云。

译文 一山不在高，有仙人居住就会成为名山；水不在深，有龙潜藏就能拥有灵气。这是一间简陋的屋子，只是我有美好的德行。绿色的苔藓滋生蔓延到台阶上面，芳草把帘内映得一片碧青。在这里谈笑风生的都是博学多才的学者，来来往往没有毫无学识的粗人。在这里可以弹奏素朴无华的古琴，阅读佛经。没有世俗的音乐扰乱两耳，没有官府公文劳累身体。它好比南阳诸葛亮的茅庐，也好似西蜀扬子云的草玄亭。孔子说：“这有什么简陋的呢？”

图书在版编目（CIP）数据

微风闲看古人心 /（汉）司马迁等著；吴嘉格编译. — 北京：北京联合出版公司，2018.12

ISBN 978-7-5596-2644-8

Ⅰ. ①微…　Ⅱ. ①司…　②吴…　Ⅲ. ①古典散文－散文集－中国　Ⅳ. ①I262

中国版本图书馆CIP数据核字（2018）第216297号

微风闲看古人心

作　　者：司马迁等　　出版监制：辛海峰　陈　江
编　　译：吴嘉格　　装帧设计：云中设计事务所
责任编辑：刘　恒　　内文排版：任尚洁
特约编辑：杨　凡　　责任印制：赵　明　赵　聪
产品经理：于海娣

北京联合出版公司出版
（北京市西城区德外大街83号楼9层　100088）
北京联合天畅文化传播公司发行
天津光之彩印刷有限公司印刷　新华书店经销
字数 70千字　710mm×1000mm　1/16　印张 13.5
2018年12月第1版　2018年12月第1次印刷
ISBN 978-7-5596-2644-8
定价：88.00元

Selected Essays

浮世雅集